SIANTAR GARLAM

Siani ar Garlam

Anwen Francis

Gomer

Cyhoeddwyd yn 2007 gan
Wasg Gomer, Llandysul, Ceredigion SA44 4JL
www.gomer.co.uk

ISBN 978 1 84323 791 4

Dymuna'r cyhoeddwyr gydnabod cymorth
Adrannau Cyngor Llyfrau Cymru.

Argraffwyd a rhwymwyd yng Nghymru gan
Wasg Gomer, Llandysul, Ceredigion

I Wncwl Harry ac
Anti Hilary

Llongyfarchiadau i
Ceris Elli Howells,
Teleri Wilson a Joann Jones,
enillwyr y gystadleuaeth
i enwi'r llyfr hwn.

Pennod 1

Dyfodol Du i'r Lloches

Mae lloches i geffylau ger Aberteifi mewn perygl o orfod cau am nad oes yna ddigon o arian ar gael i'w chynnal.

'Mae ugain o geffylau'n byw yma erbyn hyn. Maen nhw wedi dod yma am nad oedd ganddyn nhw gartrefi da,' esboniodd Martha James, rheolwr y lloches, wrth y *Teifi Seid* yr wythnos hon.

'Mae rhai o'r ceffylau yn hen ac wedi dod i'r lloches am nad oedd eu perchnogion yn medru gofalu amdanyn nhw.

Roedd rhai eraill ar fin cael eu gwerthu am eu cig ond cawsant eu hachub o'r farchnad.'

Ychwanegodd: 'Yn yr haf mae'r ceffylau allan yn y caeau, ond pan ddaw'r gaeaf byddan nhw'n gorfod dod i mewn er mwyn cysgodi rhag y tywydd gwlyb a garw. Mae cyflwr y sied yn wael iawn ar hyn o bryd. Os na fydd yn cael ei thrwsio, bydd yn rhaid i mi gau'r lloches. Dwi ddim yn gwybod beth fydd yn digwydd i'r ceffylau wedyn . . .'.

Darllenodd Beca'r erthygl gyfan. Roedd hi
wedi clywed am y lloches ond doedd hi
erioed wedi cael y cyfle i fynd yno. Roedd
Mrs James a'i ffrindiau'n gwneud gwaith
da iawn yn edrych ar ôl y ceffylau di-
gartref, ac wedi gwneud hynny ers
blynyddoedd lawer. Roedd anifeiliaid eraill

yn cael dod i'r lloches hefyd. Roedd Beca
wedi gweld dau neu dri mochyn yno ac
ambell i ddafad gorniog yn pori yn y caeau
wrth basio heibio yn y car. Oddi yno y
cafodd ei mam Huwbert yr hwrdd rai
blynyddoedd yn ôl. Teimlai Beca'n drist.
Rhaid oedd cadw'r lloches ar agor! Ond
sut?

Aeth Beca at y ffôn.

'Helô, Nia? Beca sy 'ma.'

'Haia Becs. Dwi'n gwybod pam wyt ti'n
ffonio.'

'Ti 'di darllen hanes y lloches yn y papur
fyd 'te,' meddai Beca.

'Ydw,' atebodd Nia. 'Beth allwn ni ei
wneud i helpu?'

'Wel dwi ddim wedi cael llawer o amser
i feddwl am y peth, ond beth am drefnu
taith gerdded noddedig?'

'Www! Syniad grêt. Fe ddof i draw i
Barc yr Ebol i ni gael trafod beth sydd
angen i ni ei wneud . . .'

9

Ymgasglodd dros hanner cant o blant a'u rhieni tu allan i glwydi haearn ysgol gynradd y dref y bore hwnnw, yn barod ar gyfer taith noddedig i godi arian i'r lloches geffylau. Yn eu plith roedd Miss Lleucu (athrawes yn yr ysgol), Beca ar gefn Siani, Nia ar gefn ei phoni, Osian, ac arweiniai Mrs Hwmffra ei hasyn annwyl, Aneurin. Roedd nifer o'r 'cerddwyr' wedi penderfynu seiclo'r daith, rhai am gerdded dim ond hanner y siwrnai gan eu bod nhw'n gweld pum milltir yn ormod i'w coesau byr, a rhai eraill oedd yn berchen ar geffyl wedi penderfynu marchogaeth.

Gwisgai pob un o'r cerddwyr got felen, lachar er mwyn i bawb oedd yn defnyddio'r

heol eu gweld. Roedd teithio ar y ffordd fawr yn gallu bod yn beryglus, wrth gwrs. Fyddai ddim palmant am y rhan fwyaf o'r daith ac roedd y ceir yn teithio'n gyflym iawn. Roedd Beca a Nia wedi paratoi'r ceffylau hefyd. Roedden nhw'n gwisgo cotiau melyn ac roedd Beca wedi gosod bandiau am ffrwyn a choesau Siani, a Nia wedi rhoi rhwymyn fflworoleuol pinc am gynffon Osian.

'Ti'n edrych yn debyg i goeden Nadolig!' chwarddodd Rhys wrth ganmol y Shetland fach. 'Ei di ddim ar goll wedi dy wisgo fel 'na! Y cyfan sydd eisiau arnat ti nawr yw goleuadau'n fflachio ac angel ar dy ben ac fe fyddi di'n berffaith!'

Rholiodd Beca'i llygaid a gwenu'n sarcastig ar ei brawd. 'Dere! Mae pawb yma. Mae'n bryd i ni ddechrau neu fe fydd y siop tsips wedi cau erbyn i ni gyrraedd Castellnewydd Emlyn, ac mae ishe bwyd arna i'n barod.'

Cerddodd Rhys draw at y Land Rover ble roedd ei dad yn aros amdano. Cododd y corn siarad.

'Un, dau, tri. Un, dau, tri. Y'ch chi'n gallu fy nghlywed i?' holodd Rhys yn awdurdodol dros yr uchelseinydd.

'Ydyn,' bloeddiodd y dorf fel praidd o ddefaid.

'Cyn i ni ddechrau, mae Mrs James o'r lloches anifeiliaid eisiau dweud gair.'

Trosglwyddodd y corn siarad i berchennog y lloches.

'Dwi eisiau diolch o galon i bob un ohonoch chi am eich cefnogaeth i'r lloches. Dwi'n gwybod eich bod chi wedi bod yn brysur iawn yn cael pobl i'ch noddi chi i wneud y daith gerdded yma. Fe fydd pob ceiniog yn helpu'r anifeiliaid sydd yn

12

y lloches. Diolch yn arbennig i Beca a Nia am gael y syniad ac i bawb sydd wedi helpu i drefnu'r diwrnod. Pob dymuniad da i chi ar y daith, a chofiwch alw yn y lloches i weld yr anifeiliaid unrhyw bryd. Bydd 'na groeso mawr yn eich disgwyl.'

Curodd pawb eu dwylo'n frwdfrydig a chyffrôdd Siani. Dechreuodd ddawnsio yn ei hunfan ac anadlu'n drwm.

'Dere di, Siani fach, byddwn ni'n mynd mewn ychydig,' esboniodd Beca'n garedig gan esmwytho gwddf y gaseg fach.

Teimlai Beca'n falch ei bod wedi mynd ati i drefnu'r diwrnod. Roedd hi'n amlwg fod y lloches yn bwysig i lawer iawn o bobl, ond yn bwysicach fyth i'r anifeiliaid oedd yn byw yno.

'Reit 'te, bant â ni! Tre Castellnewydd Emlyn amdani, we-hei!' cyhoeddodd Rhys cyn eistedd ar bwys ei dad yn y Land Rover.

Cerddodd y criw ar hyd y ffordd fawr gan ddilyn yr afon Teifi. Roedd cobiau Cymreig yn y cae gerllaw ac fe aethant yn eitha dwl wrth weld y criw yn cerdded tuag atynt. Cynhyrfodd Siani ac Osian hefyd wrth i'r cobiau garlamu'n ôl ac ymlaen wrth ymyl y clawdd.

'Paid â becso, Siani. Mae popeth yn iawn,' sibrydodd Beca yn ei chlust i'w chysuro a'i hannog ymlaen.

Edrychai Aneurin yn syn ar y ceffylau'n cyffroi, a phwyntiodd ei glustiau hir i'r awyr. Dechreuodd nadu'n uchel a chwarddodd y plant wrth glywed y sŵn cras yn atseinio drwy'r cwm.

'Wel, Aneurin, wyt ti'n treial siarad?' holodd Beca gan chwerthin.

'O, mae e mor falch cael bod 'ma gyda ni, Beca fach. Dwi'n meddwl yn aml ei fod e'n gwneud ei orau i ddweud rhywbeth wrtha i,' dywedodd Mrs Hwmffra. 'Byddai'n braf cael sgwrs gydag e ryw ddydd.'

Roedd Mrs Hwmffra wedi penderfynu ar yr eiliad olaf y byddai hi ac Aneurin yn cymryd rhan yn y daith gerdded, a chwarae teg iddi am wneud hynny. 'Mae hyn yn grêt, Beca. Faint o arian sydd wedi cael ei gasglu hyd yn hyn?' holodd Mrs Hwmffra gan dynnu Aneurin y tu ôl iddi.

'Rhyw chwe chan punt, dywedodd Mam neithiwr. Rwy'n gobeithio y bydd gyrwyr a thrigolion pentrefi Llechryd a Chenarth yn teimlo'n garedig y bore 'ma ac yn cyfrannu rhywfaint o arian wrth i ni fynd heibio,' esboniodd Beca'n hyderus. 'Mae Radio Ceredigion, Radio Sir Benfro a Radio Cymru wedi hysbysebu'r digwyddiad hefyd, felly gobeithio y cawn ni fwy o bobl yn cyfrannu. Www, ac mae Mam am ddiolch i chi am eich cyfraniad hefyd,' ychwanegodd.

'Popeth yn iawn. Mae'r cwbwl yn mynd at achos da a gobeithio y byddwn ni'n casglu hyd at fil o bunnau erbyn diwedd y daith,' dywedodd Mrs Hwmffra gan groesi'i bysedd.

Ymlwybrodd y criw'n hamddenol heibio i gartref henoed Llwyndyrys. Roedd Blodwen, hen fam-gu Beca, wedi bod yn cael gofal yno ers iddi golli'i gŵr fis

Gorffennaf y llynedd ac roedd Beca wedi dweud wrthi y byddai'r daith gerdded yn mynd heibio i'r cartref. A chwarae teg i Blodwen, roedd hi wedi trefnu ei bod hi, ynghyd â rhai o'r hen bobl a'u cynorthwywyr, yn mynd lawr i'r ffordd fawr i'w gweld. Eisteddodd Blodwen a'i ffrindiau'n hapus eu byd yn eu cadeiriau olwyn – rhai yn chwifio'u dwylo ac yn gweiddi negeseuon o gefnogaeth i'r cerddwyr, ac eraill yn chwifio'u ffyn i'r awyr. Yna, wedi ffarwelio â'r cartref, aeth y criw i fyny'r allt a rownd y gornel ac am y felin goed ar ochr dde'r ffordd. Roedd y ceir a deithiai ar hyd y ffordd yn arafu wrth fynd heibio, a nifer o'r teithwyr yn taflu arian i'r bwcedi casglu oedd gan rhai o'r cerddwyr.

'Diolch yn fawr i chi. Diolch,' bloeddiodd Beca wrth glywed yr arian yn disgyn i waelod y bwced casglu.

'Dim problem a phob lwc i chi,' dywedodd y gyrrwr gan wasgu'r sbardun yn araf a pharhau â'i siwrnai.

'Cw-î! Helô Beca fach, a Siani, fy nghariad fflwffog i,' bloeddiodd Wncwl Hari o'r car wrth iddyn nhw basio. 'Wnawn ni eich gweld chi ym mhentre Cenarth cyn bo hir,' ychwanegodd. 'A bydd cacennau siocled a charamel yn eich disgwyl chi, a gwydraid mawr o lemonêd, a dŵr i'r anifeiliaid, wrth gwrs,' dywedodd modryb Hili.

Dyna braf fyddai cael bwyd a chyfle i orffwys, meddyliodd Beca gan lyfu'i gwefusau. Doedd hi ddim wedi cael brecwast y bore hwnnw am ei bod hi'n hwyr yn codi. Roedd ei bol yn troi a throi fel peiriant golchi dillad. Fe fydden nhw'n cael seibiant ger y rhaeadr cyn bo hir a'r anifeiliaid yn cael cyfle i orffwys yng nghysgod y bont.

Pennod 2

Wedi cerdded am awr ar hyd y ffordd droellog, daeth y criw, o'r diwedd, i bentref Cenarth. Roedd yn bentref braf gyda rhaeadr fawr yn rhannu'r dyffryn. Byddai'r rhaeadr yn denu tyrfaoedd lu adeg gwyliau'r haf a phan fyddai afon Teifi'n gorlifo'i glannau adeg yr hydref a'r gaeaf, ond gan ei bod hi'n ddiwedd mis Medi erbyn hyn, roedd y rhan fwyaf o'r twristiaid wedi ffoi am adref.

Gyrrodd Mr Lewis ei Land Rover i'r maes parcio. Byddai'n rhaid talu am barcio yno fel arfer, ond gan eu bod nhw ar daith noddedig, roedd y warden wedi caniatáu iddo barcio yno'n rhad ac am ddim.

'Wel, diolch i chi am y ffafr,' dywedodd

Mr Lewis gan ysgwyd llaw â'r warden caredig.

'Popeth yn iawn, a phob lwc i chi ar y daith. Gobeithio y gwnewch chi godi swm anrhydeddus o arian,' meddai, gan fynd ati i groesawu'r cerddwyr a'r marchogion oedd yn dilyn y Land Rover i'r maes parcio.

'O diar! Fedra i ddim cerdded rhagor,' meddai Mrs Hwmffra gan hercian ar hyd y ffordd. 'Fe brynais i'r welingtons coch 'ma yn sbesial ar gyfer heddiw ond mae fy nhroed i'n brifo'n ofnadwy,' cwynodd.

Eisteddodd ar ochr y palmant fel sach o datws ac aros yno'n pwffian. Sychodd y chwys oddi ar ei thalcen a gadael i Aneurin snwffian yr het haul flodeuog a wisgai am ei phen.

Gafaelai ym mhenwast coch yr asyn gydag un llaw, a cheisiodd gyda'r llaw arall dynnu'i welington oddi ar ei throed, a oedd erbyn hyn yn gynnes ac yn chwyslyd. Taflodd ei hosan goch, batrymog, wlyb i'r llawr. Roedd bysedd ei thraed wedi cael eu gwasgu at ei gilydd a rhwng ei bys mawr a'i hail fys roedd pothell sgleiniog, fawr yn syllu arni! Roedd ei hosan a'i throed wedi rhwbio yn erbyn ei gilydd ac yn erbyn ei welington gan greu balŵn fach boenus yn llawn dŵr.

O diar! Fe ddylai fod wedi cyfarwyddo â'r esgidiau a cherdded ynddyn nhw am gyfnod cyn eu gwisgo ar y daith, meddyliodd.

'O, Mrs Hwmffra fach, ydych chi'n ocê?' gofynnodd Beca pan gyrhaeddodd ar gefn Siani.

'Beca fach. Dwi'n rhy hen o lawer i gymryd rhan mewn taith fel hon. Bydd yn rhaid i chi fynd o'm blaen i ac fe wnaf eich dilyn ymhen ychydig, pan fyddaf wedi cael fy ngwynt ataf. Mae pothell ar fy nhroed i. O diar!'

'Peidiwch chi â phoeni. Fe allwch chi deithio gyda Dad yn y Land Rover am weddill y daith,' esboniodd Beca'n garedig.

'Ond beth am Aneurin druan?' holodd. 'Does dim lle iddo fe yn y Land Rover! Fedra i ddim ei adael ar ôl!'

'Dim problem. Gall Rhys arwain Aneurin,' cynigiodd Beca.

Ond doedd Rhys ddim wedi bwriadu cerdded o gwbl. Teimlai'n gysurus iawn yn teithio gyda'i dad – diod egni mewn un llaw a'r llaw arall yn pwyso'n hamddenol ar ddrws y car. Roedd sawl milltir gyda hwy i gerdded eto! Edrychodd Rhys ar ei dad fel petai'n erfyn arno i'w achub wrth i Beca esbonio'r sefyllfa wrtho.

'Plîs, Rhys. Mae'n siŵr y bydd Mrs Hwmffra'n falch iawn ohonot os gwnei di ei helpu. Falle cei di anrheg ganddi wedyn!'

'O'r gorau 'te,' cytunodd Rhys yn bwdlyd.

Roedd pawb yn falch iawn o gael aros am ychydig ger yr afon. Eisteddai Nia, Mrs Hwmffra, Rhys, Mr Lewis, Wncwl Hari, Anti Hili a Beca yng nghysgod yr hen bont. Roedd hi'n braf i Siani, Osian ac Aneurin fod allan o wres chwilboeth yr haul am ychydig. Yfodd Beca o'i photel ddŵr a chynigiodd Mr Lewis ddŵr i'r anifeiliaid. Tynnodd Beca gacen siocled a charamel o'r hamper iddi hi ac afal mawr coch i Siani.

'O, ry'n ni'n lwcus o'r tywydd braf 'ma,' dywedodd Mrs Hwmffra'n wên o glust i glust. 'Trueni mawr fod y bothell 'ma mor boenus ac yn fy rhwystro rhag cerdded gweddill y daith.'

'Ie, trueni mawr,' dywedodd Rhys o dan ei wynt.

'O, Rhys bach. Rwyt ti'n garedig iawn yn fodlon arwain Aneurin am weddill y daith. Rwyt ti'n fachgen sobor o dda. Wna i ddim anghofio am dy gymwynas,' ychwanegodd gyda winc fach. 'Fe gei di arian poced am dy drafferth.'

Yn sydyn, sgrechiodd Mrs Hwmffra gan neidio ar ei thraed fel cath oedd wedi eistedd yn rhy agos at y tân. Edrychai'r criw yn syn arni'n hercian ar un goes ac yn dal gafael am ei phen-ôl gyda'i llaw fel person o'i cho!

'Awwww, aaaaaaww, awwwww! Fy mhen-ôl,' bloeddiodd gan wneud sŵn fel blaidd-ddyn yng ngolau lleuad lawn.

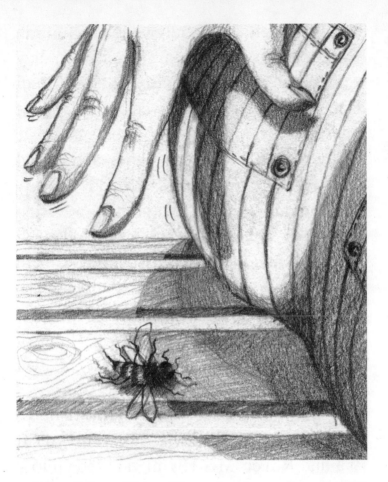

'O, Mrs Hwmffra, beth sy'n bod?' holodd Beca'n syn.

'Fy mhen-ôl i! Mae rhywbeth neu rywun wedi brathu fy mhen-ôl!' gwaeddodd.

'Beth?' meddai'r criw yn syn fel côr llefaru mewn eisteddfod.

'Edrychwch fanna,' dywedodd Nia gan bwyntio'i bys. 'Mae 'na gachgi bwm ar y sedd. Mae'n rhaid eich bod chi wedi eistedd arno a'i fod wedi eich pigo,' ychwanegodd.

Chwarddodd Rhys yn uchel a rholiodd Mrs Hwmffra'i llygaid. Doedd heddiw ddim yn ddiwrnod da hyd yn hyn.

'O diar! Dyna'r ail beth cas sydd wedi digwydd heddiw. A chi'n gwybod beth yw'r dywediad – does dim dau heb dri. Beth nesaf, tybed?' gofynnodd i'w ffrindiau gan biffian chwerthin mewn embaras, ei bochau wedi gwrido fel dau afal mawr coch.

'Reit. Mae'n well i ni ailddechrau'r daith,' meddai Mr Lewis. 'Dewch gyda fi i'r Land Rover, Mrs Hwmffra. Gobeithio y byddwch chi'n ddiogel yno! Rhys, cer di i nôl Aneurin.'

Anadlodd Rhys yn drwm a cherdded ling-di-long at yr asyn. Doedd e ddim wedi bwriadu cerdded o gwbl, a dyma fe'n gorfod arwain asyn am weddill y daith!

Gobeithio na fyddai neb o'i ffrindiau yn yr ysgol uwchradd yn ei weld ar y ffordd, meddyliodd.

'O dere mlân, yr asyn twp. Dere mlân. Ti'n cerdded fel malwoden, y mwlsyn mul!' dywedodd yn ffyrnig gan dynnu ar y rhaff. 'Mor styfnig ag asyn yw'r dywediad, ac mae hynny'n dy ddisgrifio di i'r dim.'

'Edrycha pwy sy draw fanna,' dywedodd Nia wrth Beca pan oeddent yn marchogaeth ar draws y bont. 'Hugo! Hy!'

Roedd Hugo newydd ddechrau yn yr ysgol ar ôl gwyliau'r haf. Roedd ei deulu wedi symud i'r ardal o Kenilworth yng nghanolbarth Lloegr, a nawr roedden nhw'n cael picnic ar un o'r byrddau wrth ochr yr afon.

'Pam nad wyt ti'n ei hoffi e, Nia?' holodd Beca. Roedd golwg drist ar Hugo. Syllai ar yr afon oedd yn llonydd yr ochr honno i'r bont.

'Dim rheswm pendant, ond dwi ddim yn deall pam yn y byd fod Miss Lleucu wedi dweud wrtho i eistedd wrth fy ochr i.'

'Falle ei bod hi'n meddwl y byddet ti'n medru ei helpu i setlo mewn ysgol ddieithr.'

'Rwy'n gwneud fy ngorau. Rwy'n gadael iddo fe gael benthyg pethau o 'nghas pensiliau i, ond ma' fe'n colli pethau ac wedi torri 'mhren mesur gorau i.'

'Rwyt ti'n swnio'n blentynnaidd nawr, Nia.'

'Ti'n meddwl? Beth am i ti eistedd wrth ei ochr e 'te, Beca Lewis, gan dy fod ti'n ei FFANSÏO fe!' meddai Nia'n ffyrnig.

'Beth? Paid â siarad dwli. Dwi ddim yn ffansïo neb, ac erioed wedi gwneud! Dere, mae pawb arall wedi cyrraedd yr eglwys yn barod.'

Pan edrychodd Beca draw ar Hugo unwaith eto, roedd e'n edrych arni ac roedd hi bron yn siŵr ei fod yn gwenu, fel pe bai e'n falch o'i gweld hi.

Pennod 3

Cyrhaeddodd y cerddwyr a'r marchogion ganol Castellnewydd Emlyn wrth i gloc y dref daro un o'r gloch, yr amser delfrydol i gael llond bol o ginio blasus. Roedd 'na dyrfa wedi ymgasglu tu allan i'r siop sglodion i'w croesawu. Safai ffotograffydd yno'n barod i dynnu lluniau ar gyfer y papur lleol a'r papur bro, a gobeithiai Beca y byddai mwy o bobl yn rhoi arian i'r achos wedi gweld y lluniau yn y papur yr wythnos honno. Ac yn sefyll yn eu canol, yn wên o glust i glust, roedd maer y dref a'i wraig – eu cadwynau aur swyddogol yn sgleinio yn yr haul. Curodd pawb eu dwylo mewn llawenydd. Fflachiodd y camerâu. Bloeddiodd y dorf. Roedd yr holl waith trefnu wedi bod yn werth chweil wedi'r cyfan, meddyliodd Beca, gan esmwytho gwddf Siani.

Daeth un o gynghorwyr y dref draw atynt hefyd gan gymryd manylion y daith er mwyn eu cynnwys ar safle we y dref. Byddai pobl o bedwar ban byd yn gallu darllen am yr antur wedyn, meddyliodd Beca.

Ymgasglodd pawb at ei gilydd er mwyn tynnu llun – pob un rhiant, plentyn ac anifail. Gwenodd y cerddwyr ar y ffotograffydd wrth iddo yntau weiddi 'caws', ond roedd wyneb Rhys yn dweud stori wahanol. Doedd e ddim yn gwenu o gwbl. Edrychai'n gwbl ddifrifol oherwydd, o gornel ei lygad, gallai weld rhai o'i gyd-ddisgyblion o'r ysgol uwchradd yn chwerthin am ei ben.

'Edrychwch draw fanna, bois! Mae Rhys Lewis yn arwain asyn!' chwarddodd llanc ifanc a oedd yn cnoi gwm yn araf wrth siarad.

'Hei, Rhys. Rwyt ti'n eitha tebyg i'r asyn hefyd. Ble mae dy gynffon di?' gofynnodd un arall gan bwyntio'i fys. 'Chwifia dy gynffon, 'na ti asyn da!'

Teimlodd Rhys fel pe bai eisiau i'r ddaear ei lyncu. Cochodd ei fochau wrth iddo edrych yn siomedig ar y llawr. Fe fyddai'r criw o fechgyn yn ei ddychanu am hyn am flynyddoedd i ddod. Byddai pawb yn yr ysgol yn chwerthin am ei ben ac yn ei alw'n Rhys yr asyn o hyn ymlaen, meddyliodd.

'Wyt ti'n nadu fel yr asyn 'na hefyd?' holodd Iestyn gan wneud sŵn nadu trybeilig.

'Anwybydda'r ffyliaid,' cynghorodd Beca. 'Cenfigen yw'r cyfan.'

'Asyn bychan, asyn bychan . . .' canodd y bois fel côr ar lwyfan.

Gallai pethau ddim fod yn waeth, meddyliodd Rhys, a oedd erbyn hyn yn gochbiws o'i gorun i'w ên. Ond gyda hynny, penderfynodd Aneurin, ynghanol yr holl gyffro, rechian yn uchel. Nid un rhech, nid dwy rech, nid tair na phedair, ond pum rhech enfawr, un ar ôl y llall, fel trên. Edrychodd Rhys yn syn ar ben-ôl Aneurin. Edrychodd pob un o'r cerddwyr i gyfeiriad pen-ôl Aneurin hefyd.

'O, Aneurin bach, dyle Mami ddim fod wedi rhoi cymaint o foron i ti neithiwr,' esboniodd Mrs Hwmffra. 'Mae'r moron mawr o'r ardd yn llawn daioni. Gwell i ti beidio â chael cymaint y tro nesaf. Dwi'n dy sbwylio di weithiau,' pwffiodd yn garedig. 'Oes gen ti fola tost?' holodd, gan rwbio'i fola'n dyner â'i hewinedd.

Symudodd Aneurin ei fwsel yn ôl ac ymlaen mewn mwynhad. Roedd e wrth ei fodd yn cael sylw.

'Hei Rhys, ti neu'r asyn wnaeth rechian?' holodd Iestyn, gan chwerthin fel ffwlbart dros y lle.

Chwarddodd y dorf hefyd.

Gwridodd Rhys eto a gostwng ei ben. Dyma fyddai'r tro olaf y byddai'n helpu'i chwaer gyda'i syniadau gwirion, meddyliodd.

'*Chin up*, Rhys, gallai pethe fod yn waeth,' dywedodd Beca. 'Beth yw rhech neu ddwy rhwng ffrindiau?'

'Ha, ha,' dywedodd Rhys yn bwdlyd. 'Dyw bywyd ddim yn deg!'

Pennod 4

'Pob peth hardd sydd yn y byd, a phob creadur byw . . .'

Canodd Beca ar dop ei llais ac atseiniai lleisiau'r côr drwy'r eglwys. Roedd hi'n ddechrau mis Hydref ac roedd plant yr ysgol Sul yn ymarfer ar gyfer y cwrdd diolchgarwch drannoeth. Roedd yr eglwys wedi ei haddurno'n barod, ac o flaen yr allor yr oedd pob math o ffrwythau, llysiau a bwydydd eraill. Ar ôl y gwasanaeth, byddai'r rhain yn cael eu dosbarthu rhwng hen bobl yr ardal. Roedd rhai o drigolion y dref wedi bod yn garedig iawn yn cyfrannu'r bocsys mawr yn llawn bwyd a'u rhoi ger yr allor ac roedd Eric, y pobydd lleol, wedi dod ag ysgub does fawr fel y byddai'n arfer ei wneud bob blwyddyn. Gosodwyd hi yng nghanol yr arddangosfa. Am wledd i'r llygad!

'. . . Yw gwaith ein Harglwydd Dduw.'

'Eitha da, blant,' dywedodd Mr Mabon, y ficer. 'Ewch allan am hoe fach nawr ond dewch 'nôl ymhen rhyw ugain munud er mwyn cael un ymarfer bach arall cyn i chi fynd adref.' Aeth Mr Mabon i'r festri ac ymlwybrodd y criw o blant allan o'r eglwys.

'Ymarfer eto!' dywedodd Nia gan ymestyn ei breichiau uwch ei phen a dylyfu gên.

'Ti'n dweud wrtha i. Gobeithio bydd Siani'n iawn. Fydden i ddim wedi dod lawr â hi os fydden i'n gwybod y byddai'r ymarfer mor hir â hyn.'

Roedd Siani wedi ei chlymu y tu allan i'r eglwys. Doedd Mr Mabon ddim yn fodlon i Siani fynd i mewn i'r eglwys, ond doedd dim ots ganddo ei bod hi'n cael ei chlymu y tu allan. Roedd Beca wedi marchogaeth Siani i'r ymarfer gan nad oedd yr eglwys yn bell iawn o'r fferm ac roedd unrhyw beth yn well na rhannu car gyda Rhys y bore hwnnw ac yntau â chroen ei ben-ôl ar ei dalcen wedi iddo gael stŵr am wisgo'i 'sgidiau rygbi yn y tŷ!

Roedd Siani'n ymddangos yn hapus ei byd yn bwyta o'i rhwyd wair. Gwisgai got drwchus i'w chadw'n gynnes ac roedd ganddi bwcedaid o ddŵr ffres ar y llawr, ger ei charnau, petai'n sychedig.

'Caseg dda. Aros di fanna a bydda i 'nôl gyda phecyn o polo mints ffein, ffein i ti,' sibrydodd Beca i'w chlust.

Gafaelodd Beca ym mraich Nia a sgipiodd y ddwy draw i'r siop i brynu rhywbeth bach i'w fwyta.

Gwyliodd Siani'r ddwy ffrind yn diflannu o'r golwg. Edrychodd o amgylch y fynwent gan dynnu ambell i dwffyn o wair o'r rhwyd. Roedd hi wedi syrffedu yn y fan hyn ar ei phen ei hunan. Tarodd ei charn yn erbyn y llawr a chwifio'i chynffon mewn tymer. Doedd hi ddim yn hoffi cael ei chlymu fel hyn am amser hir.

Pwffiodd a dechrau tynnu ar y rhaff. Tynnodd eto ac eto. Edrychai'r borfa o amgylch y cerrig beddau'n felys iawn ac roedd y demtasiwn yn ormod. Gydag un plwc enfawr, torrodd y rhaff ac aeth Siani'n syth i fwyta'r borfa. Bwytaodd yn awchus am ychydig, cyn penderfynu mynd am dro. Roedd hi'n gaseg fusneslyd, a phan welodd fod drws yr eglwys yn gilagored, roedd yn rhaid iddi fynd draw i fusnesa ymhellach.

Camodd Siani i fyny'r stepen a gwthio'i phen yn erbyn y drws pren. Yn araf bach, agorodd gyda gwich fain. Yn ofalus, camodd i mewn i'r eglwys.

Edrychodd ar y nenfwd uchel, a'r carped coch o dan ei charnau. Snwffiodd y blodau oedd wedi'u gosod ger y drws, a gyda'i dannedd mawr melynfrown gafaelodd mewn rhosyn a'i gnoi'n awchus, cyn ei lyncu o fewn eiliadau. Cymerodd gipolwg ar y fedyddfaen hefyd, cyn cerdded i lawr canol yr eglwys at yr allor.

Snwffiodd Siani'r llyfrau emynau a'r canhwyllau, ac yna'n sydyn edrychodd o'i chwmpas mewn anghrediniaeth – roedd llu o lysiau a ffrwythau blasus o'i hamgylch – degau, cannoedd ohonyn nhw! Roedd hi ym mharadwys! Teimlai'n gaseg lwcus, lwcus ac aeth ati'n frwd i'w bwyta. Doedd hi erioed wedi gweld y fath wledd. Bwytaodd foronen yn gyntaf, yna aeth ati i fwyta afal mawr gwyrdd, melys. Ymbalfalodd drwy gynnwys un o'r bocsys gyda'i thrwyn. Gafaelodd mewn banana gyda'i dannedd a'i thaflu i'r llawr. Roedd yn gas ganddi fananas. Yna gafaelodd mewn deilen bresychen, a gwnaeth yr un peth i honno hefyd cyn mynd ati i gicio pwmpen fawr i'r llawr. Rholiodd y bwmpen rownd a rownd fel pêl-droed ar gae chwarae cyn stopio'n sydyn . . . wrth draed Beca!

'O Siani! Siani! Siani! Beth wyt ti wedi'i wneud, y gaseg ddrwg?' sgrechiodd Beca.

Cododd Siani'i phen yn sydyn a'i bwyso i'r ochr fel pe bai'n ymddiheuro am fod yn ddrwg.

'Paid ti ag edrych arna i'n giwt i gyd fel 'na,' pregethodd Beca'n flin. 'Rwyt ti wedi bod yn ddrwg iawn iawn. Ble mae'r moron? Ble mae'r afalau? Ac o, na, ble mae'r ysgub does? Rwyt ti wedi difetha'r arddangosfa i gyd!'

Gweryrodd Siani fel petai'n ceisio dweud rhywbeth.

'Ie, fe alli di weryru. Beth ar wyneb y ddaear mae Mr Mabon yn mynd i'w ddweud?' dywedodd Beca mewn panig; ei bochau wedi gwrido. 'Fe fydd e'n mynd o'i go!'

Ar y gair, fe ddaeth Mr Mabon i'r golwg.

'Beth mae'r anghenfil blewog, drewllyd

'na'n gwneud yn yr eglwys hon, Miss Lewis?' gofynnodd Mr Mabon yn chwyrn.

'Ym, wel, wel . . .' Doedd Beca ddim yn gwybod beth i'w ddweud. Edrychodd ar Mr Mabon, yna ar Siani, yna ar Mr Mabon eto.

Chwarddodd Nia'n afreolus. Byddai wedi talu ffortiwn i weld wyneb Beca'n cochi fel hyn!

Yna gwelodd y ficer y llanast roedd Siani wedi'i wneud!

'O na! Mae hi wedi bwyta'r bwyd! Nefi blw!' ebychodd. 'Allan! Shw! Allan! Mas â ti!' hysiodd at y gaseg fach.

Plygodd Siani'i phen yn druenus a cherdded at Beca.

'Mae'n ddrwg da fi, Mr Mabon, ond . . .' dechreuodd Beca ymddiheuro wrth arwain Siani o'r eglwys.

'Sdim pwynt i chi ddweud dim. Mae'r difrod wedi'i wneud nawr,' meddai Mr Mabon yn drist gan syllu ar y llanast ar y llawr.

'O! Siani, shwt allet ti?' meddai Beca ar ôl cyrraedd y fynwent.

'Sut daeth hi'n rhydd, tybed?' holodd Nia oedd wedi stopio chwerthin erbyn hyn ar ôl sylweddoli pa mor ddifrifol oedd y sefyllfa.

'Dwi ddim yn gwybod. Wedi tynnu ar y rhaff, siŵr o fod,' atebodd Beca'n siomedig. 'Fe ddylen i fod wedi aros gyda hi yn lle mynd draw i'r siop.'

'Neu efallai bod rhywun wedi ei gollwng hi'n rhydd.'

'Pwy fyddai'n gwneud y fath beth?'

'Wel, wyt ti'n cofio pwy oedd yn dod mas o'r siop pan aethon ni i mewn gynnau?'

'Pwy?'

'Yr hen Hugo 'na.'

'O, Nia. Fydde fe ddim wedi gollwng Siani'n rhydd a gadael iddi grwydro i mewn i'r eglwys.'

'Wyt ti'n siŵr, Beca?' holodd Nia'n awgrymog.

Ni atebodd Beca. Doedd hi ddim yn siŵr; ddim yn siŵr o gwbl.

Pennod 5

'Dere Nia. Dwi eisiau bod adref i weld y rhaglen *Horse of the Year Show* ar y bocs,' dywedodd Beca a dechrau cerdded yn gyflymach.

Cerddai Beca a Nia un bob ochr i Siani'r Shetland. Gwisgai Siani gyfrwy arbennig gyda basged bob ochr iddi. Roedd hi'n cario'r bwyd yn y basgedi. Slawer dydd, roedd ponis Shetland ar Ynysoedd Shetland yng ngogledd yr Alban yn cario gwymon a mawn i'r ynyswyr mewn basgedi arbennig fel hyn. Roedd Beca a Nia wedi gweld lluniau ohonyn nhw mewn llyfr. Hefyd, defnyddiwyd ponis Shetland i weithio dan ddaear yn y pyllau glo am eu bod nhw'n fach ac yn gryf iawn. Fe fydden nhw'n cario glo yn y basgedi neu'n tynnu ceirt yn llawn glo yn nyfnderoedd tywyll y pyllau.

'Reit. Dim ond tri lle sydd ar ôl nawr,' meddai Beca wrth edrych ar y rhestr yr oedd Mr Mabon wedi ei rhoi iddyn nhw. 'Rhaid rhoi'r bocs yma i Mrs Huws, y bag llawn ffrwythau 'na i Miss Siencyn, a thorth o fara a bocs o siocledi heb siwgr ynddyn nhw i Wiliam Buarth Bach. Mae Mam yn dweud bod diabits arno fe,' esboniodd Beca wrth osod tic ger pob enw.

'Ti a dy diabits 'achan. Diabîtis yw'r cyflwr. Mae Mam-gu yn dioddef hefyd a sdim hawl ganddi gael gormod o siwgr neu fe fydd hi'n mynd yn sâl,' dywedodd Nia gan chwerthin. 'Beth bynnag,' meddai gan newid cyfeiriad y sgwrs yn gyfan gwbl, 'pam ein bod ni'n gorfod dosbarthu cymaint â hyn o fwyd, dwed?' holodd Nia gan bwffio a chwythu wrth gerdded i fyny rhiw serth. 'Roedd y rhestrau a gafodd pawb arall dipyn yn fyrrach na'r un sy gyda ni.'

'Wel, dywedodd Mr Mabon y byddai cael mynd am dro go hir yn gwneud lles i Siani ar ôl iddi fwyta'r holl fwyd 'na,' atebodd Beca.

'Dyw hynny ddim yn deg. Doedd pethau ddim cynddrwg â hynny yn y diwedd. Roedd yr arddangosfa'n edrych yn hardd erbyn y gwasanaeth ddoe.'

'Oedd. Lwcus bod Siani ddim yn llwglyd iawn ar ôl bwyta'r holl wair o'n i wedi'i roi iddi y tu fas i'r eglwys,' meddai Beca.

'Ie. Roedd yn well ganddi hi chwarae pêl-droed gyda'r bwmpen fawr yna!'

Chwarddodd y ddwy wrth feddwl am y Shetland fach yn cicio'r bwmpen yn yr eglwys fel pe bai'n anelu at y pyst gôl yn Stadiwm y Mileniwm.

Wedi cyrraedd tŷ Miss Siencyn, agorodd Beca'r glwyd haearn a'i gwthio'n galed er mwyn ei hagor. Sgrechiodd y crogfachau wrth iddi wneud hynny a cherddodd Beca ar hyd y llwybr at ddrws y tŷ. Doedd neb wedi trin yr ardd ers amser a thyfai'r mwswgl dan ei thraed fel carped trwchus. Tyfai'r borfa hyd at waelod sil y ffenestri blaen a gorchuddiai'r iorwg enw'r tŷ.

Cnociodd Beca'r drws. Bu'n disgwyl am amser hir cyn i Miss Siencyn ateb y drws o'r diwedd.

'Wel, Beca fach. Mae'n braf dy weld di,' meddai'r hen wraig gan bwyso ar ei ffon.

'Mae Nia, Siani a finnau wedi dod â bwyd i chi gan ei bod hi'n gyfnod diolchgarwch,' esboniodd Beca.

Agorodd Miss Siencyn y bag ac edrych i mewn iddo.

'Wel, diolch yn fawr iawn i chi. Mae'r

llysiau yma'n edrych yn fendigedig, wir. Ac o, mae Siani'n gaseg dda yn eich helpu chi, chwarae teg iddi. Ydy hi eisiau un o'r afalau coch 'ma?'

'Grêt, diolch yn fawr i chi. Rwy'n siŵr y bydd Siani'n falch iawn,' dywedodd Beca.

Ar ôl ffarwelio â Miss Siencyn, cerddodd y tair yn eu blaenau i dŷ Mrs Huws. Roedd golwg sarrug arni wrth iddi ateb y drws a gweld pwy oedd yno. Doedd Mrs Huws byth yn gwenu. Doedd hi ddim yn hoff o blant ac roedd hi'n casáu anifeiliaid, yn enwedig ceffylau.

'Dyma focs gyda nifer o bethau blasus i chi oddi wrth blant ysgol Sul yr eglwys,' meddai Nia'n garedig gan estyn y parsel i'r wraig.

Edrychodd Mrs Huws yn graff ar Nia a thaflu golwg slei dros ei sbectol ar Siani a Beca oedd wedi aros y tu allan i'r glwyd. Gafaelodd Mrs Huws yn y parsel a syllu ar y cynnwys gyda'i llygaid bach tywyll. Yna, gan godi'i thrwyn i'r awyr a gyda'r parsel yn ei dwylo, trodd ei chefn arnyn nhw a chau'r drws yn glep gyda'i throed, gan adael y tair yn sefyll yn stond y tu allan.

'Wel, am groeso!' gwaeddodd Nia gan droi ar ei sawdl a cherdded oddi yno. 'Ydy hi bob amser mor ddiflas â hynna?'

'Odi. Falle ddylen ni ei galw hi'n Mrs Diflas o nawr ymlaen! Dere, dim ond Wiliam Buarth Bach sy ar ôl nawr.'

Roedd Fferm Buarth Bach wedi'i chuddio ym mherfeddion coed y cwm. Roedd hi bron â bod o'r golwg, yn enwedig yn yr haf, gyda'r holl dyfiant a ledaenai dros furiau'r hen dŷ. Tueddai Wiliam i gadw'i hunan i'w hunan. Byddai modd ei weld weithiau'n gyrru'i hen gar tair olwyn, gan bwyll bach, i'r dre. Fe fyddai Siani'n gallu teithio'n gyflymach nag ef hyd yn oed! Ond er bod pobl yn chwerthin am ei ben, roedd Beca'n meddwl ei fod e'n ddyn diddorol dros ben.

'Ma' Wiliam yn bridio ceffylau hela hyfryd iawn,' esboniodd Beca wrth iddyn nhw gerdded i lawr y lôn garegog a thyllog tuag at y ffermdy.

'Ti'n siŵr, Beca? Dyw e ddim yn edrych fel dyn ceffylau i fi pan dwi wedi'i weld e'n cerdded yn y dre,' dywedodd Nia.

'Mae e hyd yn oed wedi ennill cystadleuaeth y pencampwr yn y Sioe Frenhinol, ac mae nifer o'i ebolion yn cael eu gwerthu i bobl yn America. Mae Dad yn dweud ei fod e'n ddyn hynod o dalentog a'i fod e'n gwybod popeth sydd i'w wybod am geffylau,' dywedodd Beca.

'Helô, Wiliam. Beca Parc yr Ebol sy 'ma gyda rhodd i chi, gan ei bod hi'n gyfnod diolchgarwch. Y'ch chi adref?' bloeddiodd Beca drwy'r twll llythyrau yn y drws. Syllodd i'r tywyllwch.

Yn araf bach, gwelodd Beca gysgod yn dod o'r gegin ac ar hyd y cyntedd. Wrth iddo agosáu at y drws, gallai Beca weld gwên garedig yr hen ŵr.

'Wel helô, ferched,' dywedodd Wiliam wrth agor y drws. Yn sydyn, dechreuodd chwerthin a chwerthin yn uchel dros y clos. Gafaelodd yn ei fol a gwridodd ei fochau. 'Wel ferched, ferched, edrychwch ar y gaseg fach 'ma. 'Na chi bictiwr braf,' ychwanegodd.

'Siani yw hon,' esboniodd Beca gan roi'i braich o amgylch gwddf y gaseg.

'Ie, ie. Dwi wedi clywed digon o'i hanes hi. Mae'n gaseg enwog iawn. Ew, maen nhw'n bonis bach cryf iawn. Shetland fel hon oedd 'da fi yn y pwll glo pan o'n i'n gweithio yng nghymoedd y De. Diawch, dwi'n mynd 'nôl dros hanner canrif a mwy nawr. Elsa oedd ei henw – caseg fach neis â digon o gymeriad yn perthyn iddi. Byddai'n tynnu cart y tu ôl iddi, ac oherwydd ei bod hi'n fach, roedd hi'n gallu dod reit lawr i'r twnnel o dan y ddaear gyda fi a chario'r glo yn ôl i'r wyneb. Druan â hi,' dywedodd yn feddylgar.

'Beth ddigwyddodd i Elsa 'te?' gofynnodd Nia.

'Wel, hi oedd fy ffrind gorau. Byddai'n cael gofal mawr, a bob blwyddyn byddai'n cael hoe o'r gwaith am bythefnos. Yn ystod y cyfnod hwnnw, byddai'n cael gweld golau dydd a chyfle i bori'r borfa las a charlamu nerth ei charnau. O, byddai wrth ei bodd. Ond pan oedd hi'n bymtheg oed, roedd ei choesau bach wedi cael digon, ac roedd yn rhaid iddi orffwys. Dw innau'n teimlo'n debyg iawn iddi y dyddiau 'ma,' chwarddodd. 'Roedd hi wedi gweithio'n galed iawn ar hyd ei hoes, ac fe aeth hi i fyw gyda 'mrawd a'i blant oedd yn byw yn agos at y pwll.'

Esmwythodd Wiliam wddf Siani'n dyner a llyfodd Siani ei siaced cyn ceisio cnoi'r botymau mawr oddi arni.

'Www, caseg fach ddrygionus wyt ti, fel Elsa,' dywedodd Wiliam gan wenu.

'Wel, gwell i ni fynd. Ry'n ni wedi bod yn dosbarthu bwyd drwy'r bore ac ry'n ni wedi blino,' esboniodd Beca'n garedig.

Ffarweliodd Beca, Siani a Nia â'r fferm, ac aethant ar garlam am adref.

'Diolch i chi am alw. Mae'n braf gweld rhywun yn galw,' gwaeddodd Wiliam ar eu hôl.

Pennod 6

Llwyddodd Beca i gyrraedd adref wrth i gerddoriaeth yr *Horse of the Year Show* ddechrau. Teimlai wefr bob tro y clywai'r miwsig. Roedd hi eisoes wedi penderfynu mai dyma'r gerddoriaeth fyddai'n cael ei chwarae wrth iddi gerdded allan o'r eglwys ar ddiwrnod ei phriodas – petai'n penderfynu priodi, wrth gwrs!

Eisteddodd Beca'n gyfforddus ar y soffa, ei thraed ar y pwffe o'i blaen a'i siwmper wedi'i thynnu dros ei phennau gliniau. Dyma braf . . .

Neidiodd Beca o'r soffa wrth i Rhys redeg i'r lolfa gan weiddi'i henw, a thorri ar draws ei breuddwyd. Rhaid ei bod hi wedi cwympo i gysgu ac wedi colli ei hoff raglen deledu i gyd, er gwaetha'r ymdrech i gyrraedd adref mewn pryd.

'Beca, mae rhywbeth 'da fi i'w ddangos i ti. Dere i'r traeth,' dywedodd Rhys.

'O, sdim chwant arna i,' dywedodd Beca'n gysglyd.

Cerddodd Rhys draw at y teledu a'i ddiffodd.

'Hei! Paid!' meddai Beca'n flin.

'Mae'n rhaid i ti ddod gyda fi. Dwi wedi gwisgo ffrwyn a chyfrwy am Siani'n barod. Dere i'r traeth,' dywedodd yn gynhyrfus.

'Pam?' gofynnodd Beca'n bwdlyd gan ymestyn ei breichiau.

'Dwi wedi prynu'r darganfyddwr metel yma gydag arian Mrs Hwmffra!' atebodd Rhys, yn gyffro i gyd. 'Rhoddodd hi ugain punt i fi am arwain Aneurin ar y daith noddedig. Dere! Efallai y down ni o hyd i drysor ar y traeth.'

'Trysor, wir!' meddai Beca. Roedd hi'n amau hynny'n fawr, ond cytunodd i fynd gyda'i brawd yn gwmni iddo. Er bod Rhys yn yr ysgol uwchradd erbyn hyn, roedd Mr a Mrs Lewis wedi dweud wrth y plant i beidio â mynd i'r traeth ar eu pennau eu hunain, rhag ofn i rywbeth ddigwydd yno.

Gyda Beca ar gefn Siani, a Rhys yn cerdded wrth eu hochr yn cario'i ddarganfyddwr metel, cyrhaeddodd y tri at lan y môr. Ysgubai'r tywod ar hyd y traeth yn y gwynt ac roedd sŵn atseinio crawclyd y gwylanod yn fyddarol.

Dechreuodd Rhys ddefnyddio'r dargan-fyddwr metel, gan chwifio'r ffon o'r dde i'r chwith, a cherdded yn ei flaen gan bwyll bach. Doedd dim llawer o amynedd gan Beca.

'Dwi am fynd â Siani am garlamiad drwy'r tonnau,' dywedodd Beca. Ac i ffwrdd â hi a Siani i lawr at y dŵr.

Roedd Beca'n dwlu ar garlamu drwy'r tonnau gyda'r ewyn gwyn yn tasgu dros goesau Siani. Roedd y gaseg wrth ei bodd hefyd, yn carlamu nerth ei charnau drwy'r dŵr. Yn ystod yr haf, wedi i'r twristiaid fynd am adref, byddai Beca a Siani'n treulio oriau'n carlamu'n ôl ac ymlaen, yn ôl ac ymlaen drwy'r dŵr. Fe fydden nhw'n mentro'n eithaf dwfn i'r dŵr hefyd. Un tro, roedd Siani wedi nofio, a dyna beth oedd hwyl a Beca'n wlyb o'i chorun i'w sawdl, er doedd ei mam ddim yn rhy blês pan ddychwelodd y ddwy adref!

Doedd chwilio am drysor ar y traeth ddim yn gymaint o sbri ag yr oedd Rhys wedi'i feddwl. Yn fuan iawn, roedd e wedi blino ar gerdded yn araf bach ar hyd y tywod ac ar sŵn undonog y teclyn oedd ganddo. Stopiodd gerdded ac aros i syllu ar ei chwaer a'r gaseg fach yn mwynhau yn y dŵr, gyda golau'r haul yn machlud y tu cefn iddyn nhw. Yn sydyn, dechreuodd y teclyn gadw sŵn gwahanol a dechreuodd y golau fflachio. Roedd y teclyn wedi dod o hyd i rywbeth o dan y tywod! Trysor efallai!

'Beca!' gwaeddodd Rhys yn gyffrous. 'Beca! Dere i helpu. Mae rhywbeth i'w gael fan hyn!' Aeth Rhys ar ei bennau gliniau a dechrau cloddio twll yn y tywod. Pam na fydde fe wedi meddwl am ddod â rhaw gydag e? 'Beca!' gwaeddodd eto wrth gario ymlaen i dyllu.

Clywodd Beca'i henw'n cael ei gario gan y gwynt tuag ati. Edrychodd i weld ble roedd ei brawd. Pan welodd ei fod yn tyllu yn y tywod, trodd reins Siani i'w gyfeiriad a charlamu tuag ato. Doedd bosib ei fod e wedi dod o hyd i rywbeth gwerthfawr!

'Wyt ti wedi ffeindio rhywbeth?' holodd Beca'n gyffrous.

'Dwi'n meddwl bod rhywbeth i'w gael yma. Roedd y darganfyddwr mctcl yn cadw sŵn ac yn fflachio fan hyn.'

'Beth yw e? Ydy e'n hen?' gofynnodd Beca. Roedd hi'n llawer mwy cyffrous erbyn hyn.

'Rho gyfle i fi gael gafael arno fe'n iawn.' Edrychai Rhys yn eithaf doniol yn penlinio ar y traeth, gydag un braich bron o'r golwg mewn twll yn y tywod. O'r diwedd, dyma fe'n llwyddo i godi'r 'trysor'.

'Wel, beth yw e?' holodd Beca'n chwilfrydig.

Bocs wedi'i wneud o fetel oedd y 'trysor'. Wrth grafu'r tywod gwlyb oddi arno, gwelodd y brawd a'r chwaer fod cerfiadau cywrain drosto i gyd.

'Wyt ti'n meddwl ei fod e'n werthfawr?' holodd Beca.

'Mae'n anodd dweud. Edrycha – dwi'n meddwl bod llythrennau wedi eu cerfio yn y metel fan hyn – M L neu N I, efallai?' meddai, gan droi'r bocs ben i waered.

'Efallai fod y blwch wedi cael ei olchi ar y traeth ar ôl llongddrylliad gannoedd o flynyddoedd yn ôl,' awgrymodd Beca. 'Efallai ei fod e'n eiddo i'r capten neu fôr-leidr fel Barti Ddu, neu ferch fonheddig gafodd ei chipio yn erbyn ei hewyllys . . .'

'Ie, ie,' cytunodd Rhys. 'Neu falle bod un o'r twristiaid fuodd yma dros yr haf wedi colli cas sbectol go grand.'

'Beca! Beca! *Over here*!'

Tynnwyd sylw Beca gan lais o bell yn galw'i henw. Edrychodd i gyfeiriad y creigiau a gweld bachgen yn hercian yn lletchwith ac yn chwifio'i fraich.

54

'Hugo?' meddai Beca'n syn. 'Dere, Rhys. Mae rhywbeth yn bod.'

Neidiodd Beca ar gefn Siani a charlamu draw at Hugo. Gosododd Rhys y bocs yn ei boced a rhedeg ar draws y tywod ar ôl ei chwaer. Wrth eu gweld nhw'n agosáu, eisteddodd Hugo ar y traeth i aros amdanyn nhw.

'I'm so glad to see you two,' meddai Hugo.

Gwelodd Beca fod troed Hugo wedi ei niweidio.

'What happened?' gofynnodd.

'Broken glass,' atebodd Hugo gan wingo. *'I was trying to help a seagull.'*

Penliniodd Beca ar bwys Hugo er mwyn astudio'r clwyf yn well, ond tynnwyd sylw Rhys gan rywbeth yn agos i'r creigiau. Cerddodd tuag atynt a gwelodd fod gwylan yno. Roedd ei choesau wedi mynd yn sownd mewn rhwyd bysgota a gwymon. Rhaid bod y pwysau a ddefnyddiwyd gan bysgotwyr i gadw'r rhwyd yn ei le wedi ei gwneud yn amhosibl i'r wylan hedfan.

Rhaid bod yr aderyn wedi stryffaglu wrth geisio dod yn rhydd gan fod bachau wedi torri i mewn i'w goesau. Roedd golwg ddigalon a blinedig ar yr wylan druan.

Rhedodd Rhys yn ôl at Beca a Hugo.

'Mae'n rhaid i ni helpu'r wylan yma,' meddai.

'Mae'n rhaid helpu Hugo hefyd. Dere i'w godi e ar gefn Siani. Fe allwn ni alw am help o'r caffi ar dop y traeth.'

Yn ofalus, cododd y brawd a'r chwaer y bachgen ar gefn y poni. Yn araf bach, cerddodd y grŵp bach i fyny'r traeth. Ar ôl cyrraedd y top, aeth Rhys i'r caffi i siarad â Bedwyr, y perchennog. Galwodd Bedwyr ar Cara, ei wraig, i ddod â'r bocs cymorth cyntaf ac aeth y ddau allan at Hugo. Ar ôl cael gwybod beth oedd rhif ffôn cartref Hugo, aeth Bedwyr yn ôl i mewn i'r siop er mwyn ffonio'i rieni a dweud wrthyn nhw beth oedd wedi digwydd.

'Byddai'n well i ti fynd i'r adran frys yn yr ysbyty rhag ofn bod gwydr yn dy droed neu bod angen pwytho'r clwyf yma,' meddai Cara wrth drin troed Hugo. 'Mae'n warthus fod pobl yn gadael sbwriel ar y traeth.'

Daeth Bedwyr allan o'r siop. *'Your parents are on their way,'* meddai wrth Hugo. 'Dwi hefyd wedi ffonio Jeremy'r milfeddyg i weld beth ddylen ni ei wneud ynglŷn â'r wylan. Rhaid i ni ei rhoi mewn bocs mawr a mynd â hi draw at y filfeddygfa. Bydd Jeremy'n aros amdanom ni yno.'

Aeth Rhys a Bedwyr lawr y traeth i nôl yr wylan. Roedd y milfeddyg wedi dweud ei bod hi'n well ei gosod mewn bocs yn hytrach na mewn caets. Gallai plu ei hadenydd gael eu dal yn nhyllau'r caets, a byddai hyn yn eu niweidio. Yn rhyfedd iawn, llwyddwyd i ddal yr wylan yn eithaf rhwydd. Er ei bod yn ofni pobl, roedd ei chyflwr mor druenus fel nad oedd dim nerth ganddi i frwydro yn eu herbyn.

Eisteddai Beca ar bwys Hugo yn gwylio Bedwyr a Rhys yn cerdded tuag atyn nhw gyda'r wylan. Roedd Beca eisiau gofyn i

Hugo a oedd e'n gwybod unrhyw beth am sut yr aeth Siani i mewn i'r eglwys, adeg y cwrdd diolchgarwch, ond cyn iddi gael cyfle i ddweud dim, dyma Hugo'n siarad.

'*Thank you for being so kind to me, Beca,*' meddai'n swil. Edrychodd Beca arno. Edrychai'n ddigalon. Tybed faint o bobl oedd wedi bod yn garedig wrtho ers iddo symud o Loegr? Mae'n rhaid ei bod hi'n anodd iddo symud mor bell oddi wrth ei ffrindiau, a dechrau eto mewn ysgol newydd yn llawn o bobl ddieithr yn siarad iaith oedd yn estron iddo. Penderfynodd ei bod hi eisiau bod yn ffrind iddo, a doedd hi ddim yn bosib ei fod wedi gadael Siani'n rhydd i fynd i mewn i'r eglwys gan nad oedd e'n fachgen mileinig oedd am greu trafferth.

'*It's OK*,' meddai wrtho a gwenu. Gwenodd yntau arni hithau hefyd.

Pennod 7

Y bore wedyn, wrth y bwrdd brecwast, dywedodd Beca, 'Rwy'n credu y dylen ni ddechrau ymgyrch i gadw'r traethau'n lân.'

'Da iawn ti. Mae'n rhaid dy fod ti'n poeni'n ofnadwy fod Hugo bach wedi cael dolur.'

Gwridodd Beca. 'Paid â siarad dwli. Mae hyn yn bwysig i bawb – pobl ac anifeiliaid.'

'Ydy, ydy,' cytunodd Rhys gan wenu. 'Wyt ti eisiau help?'

'Ydw. Byddai hynny'n grêt. Fe ffonia i Nia i ofyn iddi hi ddod draw hefyd.'

'Rwy'n mynd i ffonio Mrs Peters i ofyn sut mae Hugo,' meddai Mrs Lewis.

'Allwch chi'ch dau glirio'r bwrdd cyn dechrau ar yr ymgyrchu, plîs?'

'Iawn, Mam,' cytunodd y ddau.

'Pam na ofynnwch chi i Hugo ddod yma hefyd?' awgrymodd Rhys i'w fam.

'O'r gorau,' cytunodd hithau. 'Mae'n siŵr ei fod e'n unig iawn ar ôl gorfod symud mor bell oddi wrth ei ffrindiau.'

Yn dawel bach, roedd Beca'n falch fod Rhys wedi awgrymu i Hugo ddod draw. Roedd hi'n edrych ymlaen at ei weld unwaith eto.

Ond doedd Nia ddim yn hapus o gwbl pan ddywedodd Beca wrthi.

'Wel, os yw Hugo'n dod – dwi DDIM!' oedd ei hymateb ffyrnig pan ffoniodd Beca hi i sôn am yr ymgyrch i gadw'r traeth yn lân. 'Rwy'n mynd i aros adref i helpu Dad i garthu'r stablau i gyd ac wedyn rhoi lot fawr o faldod i Osian,' ychwanegodd yn swrth a rhoi'r ffôn i lawr yn glep.

Doedd Nia ddim wedi bod yn groesawgar iawn wrth Hugo ers iddo ddod i'r ardal. Yn yr ysgol, roedd hi'n ei anwybyddu ac yn ei wawdio am nad oedd e'n siarad Cymraeg. Roedd Beca'n deall i raddau pam bod Nia'n teimlo mor chwerw tuag ato. Roedd ei deulu wedi prynu ffarm Trwyn yr Allt Isaf – fferm a oedd yn arfer bod yn eiddo i deulu Nia. Roedd tad Nia wedi gobeithio prynu'r ffarm yn ôl i Gwilym, ei fab hynaf, a oedd yn dychwelyd i'r ardal i fyw wedi iddo dreulio tair blynedd yn y coleg amaethyddol. Roedd angen mwy o dir arno hefyd os oedd e am ddechrau bridio gwartheg duon. Ond roedd Sais fel Mr Peters, tad Hugo, yn medru cynnig llawer mwy o arian nag e am y ffarm.

Ond nid bai Hugo oedd hyn i gyd. Doedd Nia ddim wedi rhoi cyfle iddo fe.

'Beth am greu posteri er mwyn tynnu sylw pobl a'u gosod nhw ar hyd y dre ac ar y traeth hefyd?' awgrymodd Rhys gan dorri ar draws meddyliau Beca. Gosododd bapur a phensiliau lliw a pheniau metalig ar y bwrdd. 'Fe allwn ni roi llun o Winiffred ar y posteri 'ma,' ychwanegodd.

'Winiffred?' holodd Beca.

'Ie – Winiffred yr Wylan!'

'Gwych!' dywedodd Beca gan chwerthin. 'Rwyt ti'n fwrlwm o syniadau heddiw, Rhys.'

'Dim ond cymryd diddordeb. Fe fydd y gwaith yn rhwydd gyda phawb yn helpu. Pryd mae Nia'n cyrraedd?' holodd ei brawd.

'Dyw hi ddim yn gallu dod heddiw,' atebodd Beca, yn synnu braidd fod Rhys wedi holi'r fath gwestiwn.

'O, reit,' meddai Rhys â thinc o siom yn ei lais. 'Reit, wel mae'n well i fi wneud yn siŵr fod ddim eisiau help ar Dad. Fe fydda i 'nôl i helpu mewn munud.' Ac i ffwrdd ag e i gyfeiriad clos y ffarm.

Rhyfedd, meddyliodd Beca. Penderfynodd mai'r peth cyntaf y dylai ei wneud oedd ysgrifennu llythyr at y Cyngor Sir. Roedd gadael sbwriel ar y traeth yn beryglus iawn, felly roedd hi'n bwriadu gofyn iddyn nhw osod biniau sbwriel yno.

Parc yr Ebol,
Gwbert,
Aberteifi
Ceredigion.
SA43 9QS

20fed o Hydref

Annwyl Gyngor,

Ysgrifennaf atoch er mwyn gofyn yn garedig a wnewch chi ystyried gosod biniau sbwriel ac adnoddau ailgylchu ar y traeth. Mae un o'm ffrindiau wedi cael dolur cas pan safodd ar botel wydr oedd wedi torri ar y traeth. Mae pobl yn gadael eu sbwriel yn y tywod ac mae hyn yn beryglus i bobl eraill sy'n defnyddio'r traeth. Hefyd, rwy'n marchogaeth fy ngheffyl, Siani'r Shetland, ar y traeth. Dwi ddim am iddi gael niwed o ganlyniad i sbwriel sydd wedi cael ei adael ar y tywod. Mae'n bwysig ein bod yn diogelu'r amgylchedd ac yn gwarchod ein hanifeiliaid.

Yn gywir iawn,
Beca Lewis a Siani'r Shetland

Pennod 8

Doedd Hugo ddim yn medru dod draw i Barc yr Ebol gan ei fod yn gorfod gorffwys ei droed.

'Beth am i'r ddwy ohonon ni fynd i Drwyn yr Allt Isaf ar ôl cinio?' awgrymodd Mrs Lewis. 'Efallai nad ydyn ni'n gwneud digon o ymdrech i groesawu pobl sydd yn symud i fyw i'r ardal,' ychwanegodd.

Roedd Mrs Lewis wedi bod yn coginio, felly aeth â thorth o fara brith gyda hi. Roedd Mrs Peters yn hynod o falch o'u gweld pan agorodd y drws.

'Croeso,' meddai mewn acen ddieithr. '*Come in, come in*!' ychwanegodd yn frwd.

'Diolch,' meddai Mrs Lewis, wedi synnu

braidd fod Mrs Peters wedi dysgu unrhyw Gymraeg o gwbl mewn cyn lleied o amser. *'How are you settling in?'*

Aeth Mrs Lewis gyda Mrs Peters i'r gegin ac aeth Beca i'r lolfa at Hugo. Roedd e'n chwarae ar y PS2 ond rhoddodd y gorau i'r gêm pan ddaeth Beca i'r ystafell.

Doedd y ddau ddim yn siŵr iawn beth i'w ddweud wrth ei gilydd i ddechrau ac roedd y tawelwch ychydig yn lletchwith. Yna gwelodd Beca'r gêm *Jenga* o dan y bwrdd coffi ac awgrymodd eu bod yn ei chwarae. Ymhen ychydig, roedd y ddau'n canolbwyntio ar symud y blociau bach petryal heb ddymchwel y tŵr, ac yn raddol datblygodd sgwrs rhyngddynt. Ar ôl gorffen y gêm, bu'r ddau'n siarad am sbel. Dywedodd Hugo ei fod yn teimlo'n unig iawn ers iddo symud i Gymru. Roedd e'n arfer byw mewn tre lle roedd digonedd o bethau i'w gwneud a llawer o'i ffrindiau'n byw yn agos ato. Ond ers dod i Gymru, roedd e'n ei chael hi'n anodd i wneud ffrindiau newydd.

Teimlai Beca'n flin drosto. Roedd hi'n gwybod bod sawl un o'r disgyblion yn yr ysgol wedi gwneud pethau'n anodd iddo. Roedd hi'n rhwydd pigo ar y bachgen newydd.

Ar y ffordd adref i Barc yr Ebol, gofynnodd Beca, 'Mam, ga i fynd draw at Nia? Mae'n rhaid i mi siarad â hi.'

Roedd Nia'n brwsio cot Osian pan gyrhaeddodd Beca a'i mam.

'Ffonia pan fyddi di'n barod i ddod adref,' meddai Mrs Lewis wrth droi'r car rownd ar y clos.

'Beca. O'n i ddim yn disgwyl dy weld di heddiw,' meddai Nia'n sbeitlyd. 'Wedi cwmpo mas gyda dy ffrind bach newydd di'n barod?' ychwanegodd.

'Paid â bod mor gas, Nia,' meddai Beca'n gadarn. 'Mae Hugo'n fachgen neis. Dwyt ti ddim wedi rhoi cyfle iddo fe. Mae e'n teimlo'n ddiflas iawn ar hyn o bryd ac arnat ti mae peth o'r bai am hynny.'

Synnodd Nia o glywed Beca, o bawb, yn ei dwrdio fel hyn. Rhaid bod hwn yn fater pwysig iawn iddi.

Aeth y ddwy i eistedd ar rai o'r bêls yn y sied wair. Dywedodd Beca wrth Nia am y sgwrs roedd hi wedi'i chael gyda Hugo. Teimlai Nia'n euog. Roedd hi'n gwybod bod ei thad yn siomedig ofnadwy nad oedd wedi llwyddo i brynu Trwyn yr Allt Isaf, ond nid bai Hugo oedd hynny. Nid bai ei deulu oedd e chwaith, mewn gwirionedd. Hwyrach mai'r peth gorau i'w wneud fyddai helpu'r teulu i fod yn rhan o'r gymuned gan obeithio y bydden nhw'n dysgu Cymraeg ac yn dilyn ffordd yr ardal o fyw.

'O'r gorau,' meddai Nia. 'Fe wna i drial bod yn ffrindiau gyda Hugo, er ei fod e'n drewi fel hen hosan heb ei golchi ers misoedd, ych a fi!'

'Ti a dy hen hosan ddrewllyd! Reit 'te, ffrindiau gorau?' gofynnodd Beca iddi.

'Ffrindiau gorau' atebodd Nia gan roi cwtsh mawr iddi. 'A chyn i fi anghofio, mae Gwilym am ofyn ffafr i ti. Mae e am i ti a fi fod yn forynion yn ei briodas, ac mae e am i Siani ac Osian fod yno hefyd,' dywedodd Nia, ei llais yn llawn brwdfrydedd a chynnwrf.

'Siani ac Osian?' holodd Beca'n ddryslyd.

'Ie,' meddai Nia. 'Byddwn ni a Fflur, cariad Gwilym, yn marchogaeth i'r eglwys.'

'Waw, mae hynny'n grêt, a dwi'n siŵr y bydd Siani wrth ei bodd!' dywedodd Beca, yn wên o glust i glust.

Aeth y ddwy ffrind ati i frwsio Osian a rhoi maldod iddo, ond roedd Beca ar bigau'r drain i fynd adref ac adrodd y newyddion pwysig wrth Siani a'i mam.

Pennod 9

Roedd Beca mewn penbleth ac yn methu'n lân â deall y peth. Roedd stabl Siani'n lân, gyda gwellt glân ar y llawr a gwair ffres yn y rhwyd. Roedd ei chot yn sgleinio a'i mwng yn daclus. Ond pwy oedd yn gyfrifol? Nid Dad – roedd e'n dal i fod yn godro, a'i mam wedi mynd ati i ddechrau paratoi brecwast yn syth ar ôl codi. Doedd dim sôn am Rhys – roedd e'n dal i gysgu'n braf yn ei wely cynnes. Felly pwy . . .

Ar y gair, dyma rywun yn mynd heibio i ochr y stabl yn cario bwcedaid o ddŵr.

'Hugo!' meddai Beca mewn syndod. 'Beth yn y . . ?'

'Bore da, Beca,' meddai Hugo'n hwyliog. *'Thought I'd come over to give you a hand this morning.'*

Chwarddodd Beca'n llawen.

'Grêt,' meddai.

Ar ôl gorffen gyda Siani, bu'r ddau'n gwylio Sionyn yn y cae. Dywedodd Beca wrth Hugo ei bod yn poeni ychydig amdano. Roedd hi'n ofni y byddai'n rhaid iddyn nhw ei werthu gan fod edrych ar ei ôl ef a Siani yn dipyn o waith ac roedd talu am eu bwyd yn gostus. Ond gwyddai hefyd y byddai hi a Siani'n torri'u calonnau pe bai Sionyn yn symud ymhell i ffwrdd.

'*I don't understand much about ponies,*' dywedodd. '*Maybe you could give me some lessons on how to look after a pony, and I could help you to look after Siani and Sionyn?*'

'Byddai hynny'n grêt,' dywedodd Beca wrtho. '*Would you like to have breakfast with us?*' cynigiodd, pan welodd ei mam yn chwifio arnyn nhw o ffenest y gegin.

'*Not today, thanks. I'm off home now. I have lots of things to unpack. Mum says the house is upside down! See you tomorrow morning?*'

'*Yes. Great,*' meddai Beca.

'Hwyl fawr,' meddai Hugo.

'Hwyl,' adleisiodd Beca.

Yn hwyrach y bore hwnnw, aeth Beca a Rhys i'r ysgol Sul yna, ar ôl iddyn nhw ddod adref, eisteddodd pawb wrth fwrdd y gegin i fwyta cinio. Roedd dydd Sul yn ddiwrnod pwysig yn wythnos y teulu. Byddai Beca wrth ei bodd yn helpu'i mam i baratoi'r bwyd. Hi oedd yn gyfrifol am gymysgu'r grefi. Roedd Mrs Lewis yn hoff iawn o goginio ac roedd Mr Lewis yn hoff iawn o fwyta'r bwyd. Ond pan fyddai angen golchi'r llestri wedi'r holl wledda, byddai Mr Lewis yn cysgu'n drwm yn ei sedd a Mrs Lewis yn ei ddwrdio am wneud hynny.

Tato wedi'u rhostio mewn braster cyw iâr oedd ffefryn Beca, a thato potsh gyda menyn go iawn oedd hoff fwyd Rhys. Er, wedi dweud hynny, fe fyddai bob amser yn gofyn am ragor o selsig wedi'u lapio mewn bacwn sir Benfro!

'Ga i ragor, Mam, plîs?' gofynnodd Rhys.

'Gorffenna beth sydd gyda ti ar dy blât yn gyntaf,' dywedodd Mr Lewis.

Roedd Mrs Lewis yn clirio'r platiau cinio pan ganodd cloch y drws.

Aeth Mr Lewis at y drws a chroesawu'r ymwelwyr i'r tŷ.

Hugo a'i rieni oedd yno. Roedden nhw'n ymddiheuro am alw ar adeg anghyfleus ond roedden nhw'n awyddus iawn i drafod rhywbeth. Roedden nhw'n ddiolchgar iawn i Beca a'r teulu i gyd am helpu Hugo pan gafodd ei anafu ar y traeth. Roedden nhw'n arbennig o ddiolchgar i Beca am helpu Hugo i ymgartrefu yn yr ardal. Roedd e'n llawer hapusach ers ei chyfarfod, medden nhw. O'r herwydd, roedd Mr Peters am wneud dau beth. Yn gyntaf, roedd e am roi cyfraniad hael i'r lloches anifeiliaid er mwyn cyfrannu at gostau atgyweirio'r sgubor yno cyn y gaeaf. Ac yn ail, roedd e am brynu Sionyn.

'Prynu Sionyn!' meddai Beca. Sut allai e wneud hynny? Roedd e'n gwybod cymaint yr oedd Sionyn yn ei olygu iddi hi! A doedd dim syniad gydag e sut i ofalu am geffyl!

'*Let me explain*,' meddai Hugo, yn synhwyro bod Beca wedi cael braw.

Dywedodd ei fod wrth ei fodd yn cael dod i Barc yr Ebol i helpu Beca i ofalu am y ceffylau ac roedd e'n dysgu llawer am geffylau wrth wylio Beca'n eu trin. Doedd adeiladau Trwyn yr Allt Isaf ddim yn ddigon da i gadw anifeiliaid ar hyn o bryd, felly roedd e'n gobeithio y câi Sionyn aros ym Mharc yr Ebol – am y tro, beth bynnag. Yr unig wahaniaeth fyddai mai ef fyddai ei berchennog ac yn talu am ei fwyd ac unrhyw beth arall fyddai ei angen arno.

'*So, Sionyn would still live here?*' meddai Beca, er mwyn gwneud yn siŵr ei bod yn deall y trefniadau'n iawn.

'*Yes. If that's OK with you,*' meddai Mr Peters gan edrych ar Mr Lewis. Nodiodd yntau'i ben yn fodlon.

'Dim problem,' meddai.

'Hoffech chi aros i gael ychydig o bwdin gyda ni?' holodd Mrs Lewis. Ac er nad oedd teulu Hugo'n deall llawer o Gymraeg, roedden nhw'n eistedd wrth y bwrdd mewn chwinciad!

Pennod 10

Ymestynnodd Beca'i breichiau a chodi o'i gwely cynnes gan ddylyfu gên. Agorodd llenni'i hystafell ac edrych allan ar glos y ffarm. Roedd popeth yn wyn! Roedd hi wedi bwrw eira'n drwm yn ystod y nos! Gallai Beca weld olion teiars y lorri laeth a oedd wedi sgidio'n igam-ogam drwy'r eira wrth yrru i fyny'r hewl at y ffarm. Am gyffro!

Rhedodd Beca i'r gegin. Roedd hi wrth ei bodd yn chwarae yn yr eira. Fe fyddai fel arfer yn adeiladu dyn eira anferthol. Byddai'n ei addurno'n bert gan roi botymau mawr iddo fel llygaid, het wlân am ei ben, hen sgarff drwchus roedd Nain wedi'i gwau o amgylch ei wddf a moronen fawr fel trwyn. Yna, ar ôl yr holl ymdrech i greu'r dyn eira bendigedig, byddai Rhys yn dod â'i feic cwad ac yn ei ddymchwel! Ond roedd y cyfan yn llawer o sbort, a doedd dim posib i unrhyw ddyn eira fodoli am byth. Petai Rhys ddim yn ei daro i lawr, fe fyddai halen dŵr y môr yn siŵr o'i droi'n ddŵr cyn nos. Ond cyn dechrau chwarae, roedd yn rhaid i Beca garthu'r stabl a gofalu am Siani.

Tybed beth oedd Siani'n ei feddwl o'r tywydd, meddyliodd Beca wrth chwilio am ei dillad cynnes. Gwisgodd ei chot fawr a'i welingtons, yna ei het ffwr ffug a'i menig gwlân. Rhedodd Beca allan i'r clos. Doedd dim posib gweld y caeau gwyrdd – roedd popeth yn wyn. Roedd yr adeiladau ar y clos wedi'u gorchuddio â mantell wen, drwchus. Roedd hi'n olygfa hudol, meddyliodd Beca, gan agor bollt drws y stabl.

'Helô, Siani,' gwaeddodd.

Gwisgodd got drwchus am Siani fel na fyddai'n dal annwyd, ac ar ôl gwneud yn siŵr fod clwyd y clos ar gau, agorodd Beca ddrws y stabl er mwyn i Siani gael mynd am dro.

Snwffiodd Siani'r aer. Edrychai fel draig yn chwythu mwg o'i ffroenau. Yna, heb rybudd, neidiodd i ganol yr eira trwchus. Safodd yno'n stond am eiliad neu ddwy. Yna ciciodd yr eira gyda'i charn blaen a tharo'r ddaear yn galed. Ciciodd ei choesau ôl i'r awyr a chwifio'i chynffon mewn hwyl. Rasiodd yn ôl ac ymlaen, i fyny ac i lawr y clos, cyn carlamu nerth ei charnau mewn cylchoedd enfawr. Ond wrth geisio arafu, llithrodd ar yr eira a chwympo nes ei bod bron o'r golwg yn y meddalwch gwyn.

'Am hwyl!' dywedodd Beca gan chwerthin am ben y gaseg fach chwareus. 'Rwyt ti fel rhywbeth o'r syrcas, wir.'

Cododd Siani ar ei charnau unwaith eto ac ysgwyd y plu eira o'i mwng, ei chynffon a'i chot mewn tymer wyllt, cyn carlamu nerth ei charnau i'r cae agosaf lle roedd mwy o eira newydd, meddal i chwarae ynddo.

'Gofalus, Siani!' bloeddiodd Beca.

Ymhen ychydig, dechreuodd Siani chwilio am ddarnau o borfa oedd wedi'u claddu'n ddwfn o dan yr eira.

'Wel, mae rhywun yn cael hwyl,' dywedodd Mr Lewis.

'Odyn, mae'r ddwy ohonon ni wrth ein boddau. Mae Siani fel rhywbeth o'i cho,' meddai Beca gan wenu. 'Ble mae Mam?' holodd.

'Draw yn y sied gyda'r hwrdd. Mae e'n dal i fod yn sâl, druan. Roedd y milfeddyg i fod yma toc wedi naw, ond mae e wedi gorfod mynd i rywle arall yn gyntaf. Mae'r tabledi ar gyfer Huwbert yn barod yn y filfeddygfa, ond alla i ddim mynd i'w nôl nhw. Mae'r Land Rover yn pallu tanio, a dyw'r car yn werth dim yn yr eira trwchus 'ma.'

'Ond beth am Huwbert? Fe allai e farw os na chaiff e'r tabledi!' dywedodd Beca mewn panig. Roedd hi'n dwlu ar yr hwrdd byth ers iddo gyrraedd Parc yr Ebol dros bum mlynedd yn ôl, ac roedd e fel rhan o'r teulu bellach.

Edrychodd Beca a'i thad ar Siani'n chwarae yn yr eira unwaith eto.

'Ma' syniad 'da fi,' dywedodd Beca'n sydyn. Rhedodd at y sied lle roedd Huwbert a'i mam. Dilynodd Mr Lewis yn dynn wrth ei sodlau, gan lithro a baglu yn yr eira.

Pennod 11

'Dere, Siani fach. Mae'n rhaid i ni fod yn ddewr.'

Roedd Beca wedi penderfynu mai'r unig ffordd o achub Huwbert oedd drwy farchogaeth i dŷ'r milfeddyg. Efallai y byddai Huwbert yn marw petaen nhw'n aros i'r eira gilio. Yr unig ffordd i achub yr hwrdd, felly, oedd drwy farchogaeth anifail cryf â phedair coes gadarn fel Siani – a roedd hi'n berffaith ar gyfer tasg o'r fath.

Cerddodd Siani'n bwyllog ac yn ofalus ar hyd y ffordd. Roedd Mr Lewis wedi rhoi hoelion arbennig o dan ei hesgidiau fel ei bod yn medru cerdded yn ddiogel drwy'r eira heb sglefrio na syrthio o gwbl. Ar ôl cyrraedd mynedfa fferm Parc yr Ebol, trodd y ddwy i gyfeiriad y dref.

'Bore da, Beca!' bloeddiodd Miriam Dafis arni wrth iddyn nhw basio'i chartref. 'Rwyt ti'n ddewr iawn yn marchogaeth yn y fath dywydd.'

Esboniodd Beca eu bod ar y ffordd i dŷ'r milfeddyg i nôl tabledi ar gyfer Huwbert.

'Cymer di ofal. Mae'r awyr yn edrych yn dywyll iawn. Mae mwy o eira ar y ffordd, gei di weld.'

'Fyddwn ni ddim yn hir, Miriam,' meddai Beca ac annog Siani yn ei blaen. Doedd dim eiliad ganddynt i'w gwastraffu, felly.

Fel arfer, gallai Beca a Siani farchogaeth i'r dref mewn rhyw ugain munud, ond heddiw roedd y daith wedi cymryd tipyn mwy o amser. Erbyn i Siani a Beca gyrraedd y dref, roedd y gwynt wedi codi a'r plu eira mân yn chwyrlïo o'u cwmpas. Roedd Beca'n ei chael hi'n anodd i weld gan fod y gwynt yn chwythu'r eira i'w llygaid.

'Fe ddylen i fod wedi gwisgo *goggles* nofio,' meddai Beca gan chwerthin, er doedd hi ddim yn teimlo'n rhy hwyliog erbyn hynny. Roedd pobl y dref wedi diflannu i'w tai o'r golwg. Doedd neb yn siopa, neb yn gyrru a dim ond ambell blentyn mentrus allan yn chwarae yn yr eira.

Wrth gyrraedd y briffordd yn y dre, roedd Beca'n poeni y byddai Siani'n llithro wrth fynd i lawr y lôn, er ei bod hi'n gwisgo esgidiau arbennig. Penderfynodd gerdded wrth ei hochr yn hytrach na'i marchogaeth. Rhaid oedd ymddwyn yn synhwyrol. Doedd hi ddim am i Siani gael anaf, a doedd Beca ddim am syrthio oddi arni chwaith.

O'r diwedd, cyrhaeddodd y ddwy dŷ Jeremy. Roedd Siriol, gwraig y milfeddyg, yno'n disgwyl amdanyn nhw.

'Wel, wel, dwi mor falch o'ch gweld chi. Ro'n i'n dechrau poeni amdanoch chi'ch dwy. Dwi newydd ffonio Parc yr Ebol i weld os oeddech chi ar eich ffordd. Fe wna i ffonio eto nawr i ddweud wrth dy fam eich bod chi wedi cyrraedd yn ddiogel.'

'Diolch i chi,' meddai Beca. 'Ydy'r tabledi'n barod?'

'Ydyn. Mae Jeremy wedi'u gadael nhw fan hyn ac wedi ysgrifennu'r cyfarwyddiadau i gyd. Maen nhw'n dabledi cryf iawn, a rhaid i Huwbert gymryd pedair y dydd yn ddi-ffael,' esboniodd Siriol.

'Iawn. Diolch,' meddai Beca gan osod y tabledi yn ddiogel ym mhoced ei chot.

'Mae'r tywydd yn ofnadwy,' meddai Siriol. 'Dwi'n hoffi eira fel arfer, ond mae'n gallu bod yn beryg bywyd. Ydych chi eisiau diod boeth cyn cychwyn am adref?' holodd yn garedig.

'O, byddai hynny'n ffantastig, diolch yn fawr i chi. A dŵr i Siani, efallai?' holodd Beca.

'Dim problem. Dewch gyda fi.'

Arweiniodd Siriol y gaseg i'r stabl y tu ôl i'r tŷ. Roedd rhes o stablau newydd yno, wedi'u hadeiladu'n arbennig ar gyfer ceffylau Jeremy a'i deulu. Jeremy oedd wedi achub bywyd Siani pan gafodd hi fola tost difrifol yn yr haf, a byth ers hynny roedd Jeremy a Siani'n ffrindiau mawr.

Yfodd Siani ychydig o ddŵr a chafodd Beca ei hoff ddiod, sef cwpanaid o siocled poeth gyda hufen ar y top. Roedd ei dwylo'n las wedi'r daith gan fod yr eira wedi treiddio drwy'i menig. Teimlai Beca'r siocled poeth yn ei chynhesu o'i chorun i'w sawdl. Serch hynny, roedd hi ar bigau'r drain eisiau cychwyn am adref, felly, ar ôl iddi yfed dim ond hanner ei diod, rhoddodd y cwpan yn ôl i Siriol.

'Diolch yn fawr i chi am y ddiod ac am y tabledi. Rwy'n credu ei bod yn well i ni fynd nawr.'

'Wrth gwrs. Cofia ddweud wrth dy fam am ffonio Jeremy os yw hi'n pryderu am Huwbert,' dywedodd Siriol gan wenu'n garedig.

'Diolch yn fawr i chi,' atebodd Beca cyn ffarwelio â gwraig y milfeddyg a throi am adref.

Pennod 12

Roedd Siani'n stryffaglu i gerdded drwy'r eira trwchus. Chwythai'r gwynt o'r gogledd a bron na allai'r ddwy weld unrhyw beth o'u blaenau. Roedd yr eira'n syrthio'n drwm ac yn gyflym erbyn hyn. Parhaodd y ddwy i frwydro ymlaen ar draws y bont a heibio i gastell enwog Aberteifi, lle cynhaliwyd yr eisteddfod gyntaf erioed gan yr Arglwydd Rhys. Ymlwybrodd y ddwy i fyny'r rhiw at brif stryd y dref, heibio i siop Gymraeg Awen Teifi a'r siopau eraill. Doedd dim traffig ar y ffordd o gwbl ac roedd y rhan fwyaf o'r siopau ar gau. Fe fyddai wedi bod yn amhosib i unrhyw gerbyd fod yno oherwydd yr eira trwchus.

Doedd Beca erioed wedi teimlo mor oer.
Roedd ei hwyneb yn teimlo'n galed, fel pe
bai wedi rhewi. Symudai Siani'n araf iawn
erbyn hyn. Roedd hi wedi blino'n lân.
Cyrhaeddai'r eira at ei phennau gliniau, ac
roedd cerdded trwyddo'n anodd iawn.
Roedd Beca'n gwybod ei bod yn gwthio'r
gaseg fach yn rhy galed. Ond doedd dim
modd iddyn nhw aros i orffwys yn y fath
dywydd. Rhaid oedd cadw i fynd.

'Paid â rhoi'r gorau iddi, Siani fach,'
meddai Beca, a oedd bron â chrio. Roedd

hi wedi blino cymaint. Roedd hi eisiau cau'i llygaid . . .

Yn sydyn, stopiodd Siani'n stond. Cododd ei chlustiau i'r awyr. 'Siani?' holodd Beca mewn syndod. Yna, clywodd hithau rywbeth. Sŵn ci yn cyfarth! Roedd y sŵn ymhell i ffwrdd i ddechrau, ond yna dyma gi bach gwyn a brown golau yn dod i'r golwg gan redeg tuag atynt. Edrychai fel pe bai'n syrffio dros y lluwchfeydd eira.

'Ianto? Beth sy'n bod? Beth wyt ti'n ei wneud mas fan hyn?'

Ianto oedd ci Jack Russell bach Miriam Dafis. Pan gyrhaeddodd wrth draed Siani, stopiodd gyfarth gan droi am adref a rhedeg yn ôl dros y tonnau eira. Dilynodd Siani ef gan symud mor gyflym ag y gallai, fel pe bai rhywun wedi rhoi batri newydd ynddi. Cafodd Beca gymaint o syndod pan ddechreuodd y gaseg fach symud mor sionc, bu bron iddi golli'i chydbwysedd.

Wrth iddynt nesáu at dŷ Mrs Dafis, clywodd Beca Ianto'n cyfarth eto, a phan oeddent o fewn golwg i'r tŷ, gwelsant ci fod yn aros amdanyn nhw. Pan welodd Ianto Siani, tawelodd eto a diflannu heibio i dalcen y tŷ. Yna dechreuodd gyfarth unwaith eto.

Aeth Siani a Beca heibio i ochr y tŷ ar ôl Ianto. Erbyn hynny, roedden nhw'n clywed y ci yn udo'n druenus y tu mewn i sied yr ardd.

Cerddodd Siani draw at y drws a'i wthio ar agor. Gwelodd Beca Mrs Dafis yn gorwedd ar ei hyd ar y llawr, ynghanol annibendod mawr, a Ianto'n llyfu'i dwylo a'i hwyneb.

'Mrs Dafis!' gwaeddodd Beca gan benlinio wrth ei hymyl. Roedd coesau Miriam Dafis o'r golwg dan bentwr o bob math o bethau. Sylweddolodd Beca bod y silffoedd yn y sied wedi cwympo ar ben Mrs Dafis druan!

'Mrs Dafis!' gwaeddodd Beca eto, ond roedd ei llygaid ar gau. Roedd clwyf cas ar ei thalcen. Sylwodd Beca ar ddau dun paent mawr ar y llawr – rhaid bod y tuniau wedi taro Mrs Dafis ar ei phen pan gwympodd y silffoedd! Beth ddylai hi ei wneud? A ddylai ei symud hi? Ers pryd oedd hi wedi bod yn gorwedd fan hyn? Rhaid ei bod hi'n rhynnu! Tynnodd Beca'i chot a'i lapio am Mrs Dafis. Yna symudodd rhywfaint o'r trugareddau oedd wedi syrthio arni.

'Peidiwch â becso, Mrs Dafis. Fe wna i alw am help nawr!' gwaeddodd Beca.

'Mmm?' Roedd Mrs Dafis yn dechrau dod ati'i hun.

Diolch byth, meddyliodd Beca. 'Rwy'n mynd i redeg i'r tŷ i ffonio am help,' esboniodd Beca.

'Beca?' meddai Mrs Dafis yn ddryslyd gan geisio symud. 'Aaaww!' gwaeddodd mewn poen.

'Peidiwch â symud. Mae Ianto a Siani yma i gadw cwmni i chi.'

Roedd drws cefn y tŷ ar agor. Deialodd Beca rif Parc yr Ebol ond roedd y lein yn brysur.

Rhaid bod Mam yn ffonio pawb, yn trial

fy ffeindio i, meddyliodd Beca. Doedd dim amdani felly ond deialu 999. Roedd ei bysedd yn crynu wrth wasgu'r botymau. Gwyddai Beca mai dim ond mewn argyfwng go iawn y dylai rhywun ffonio 999, ond doedd dim dewis ganddi. Roedd yn rhaid helpu Mrs Dafis.

'Pa wasanaeth, os gwelwch yn dda?' meddai llais y pen arall.

'Ambiwlans, plîs,' atebodd Beca.

Esboniodd Beca beth oedd wedi digwydd. Disgrifiodd ble roedd tŷ Mrs Dafis, a dywedodd y person ar ben arall y lein wrthi am geisio gwneud Mrs Dafis mor gyfforddus a chynnes â phosibl, a pharhau i siarad â hi.

'Ond sut wnewch chi gyrraedd yma?' holodd Beca'n bryderus.

'Bydd yn rhaid i ni wneud ein gorau,' oedd yr ateb.

Yna fe ffoniodd Beca Barc yr Ebol eto. Atebodd ei mam ar unwaith! Roedd y rhyddhad o glywed llais ei merch yn amlwg.

'Beca! Diolch byth! Ble rwyt ti? Wyt ti'n iawn?'

'Ydw, Mam. Ond gwrandwch . . .' Adroddodd Beca'r hanes wrthi. Ar ôl gorffen siarad ar y ffôn, aeth Beca â charthen a chlustogau oedd ar y soffa yn y lolfa at Mrs Dafis yn y sied. Doedd dim golwg dda arni ac roedd yn amlwg ei bod mewn poen. Yna, yn y pellter, clywodd Beca sŵn tractor yn agosáu.

'Mam a Dad a Rhys!' gwaeddodd Beca mewn rhyddhad. 'Diolch byth eich bod chi wedi gallu dod!'

Rhedodd Mrs Lewis at ei merch a rhoi'i breichiau amdani. Yna aeth at Mrs Dafis i'w chysuro a'i gwneud yn gyfforddus.

'Mae'n bosib eich bod chi wedi torri'ch coes,' meddai wrthi. 'Gobeithio y bydd yr ambiwlans yma cyn bo hir.'

'Dyw hi ddim yn bwrw eira erbyn hyn, ond does gen i ddim syniad sut y daw ambiwlans drwy'r trwch o eira sy ar y ffordd,' meddai Mr Lewis.

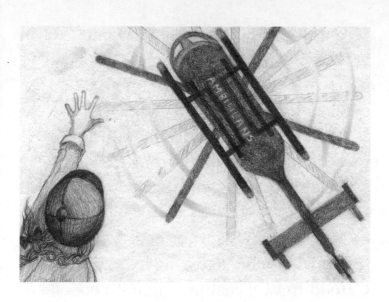

Yna, dyma Ianto a Siani'n codi'u clustiau ac edrych i'r awyr – y ddau ar yr un pryd.

'Beth sy'n bod, Siani?' gofynnodd Beca. Yna, fe glywodd hithau sŵn yn y pellter. Wrth edrych i'r awyr, gwelodd fod rhywbeth yn nesáu tuag atyn nhw.

'Hofrenydd! Maen nhw'n dod i'n helpu ni!' gwaeddodd.

Ac yn wir, roedd hofrenydd yn hedfan tuag atyn nhw.

'Dewch i ni gael tynnu eu sylw nhw,' meddai Mr Lewis.

Aeth y teulu bach a Siani a Ianto i ffrynt y tŷ a chwifio'u breichiau. Rhaid bod yr hofrenydd wedi eu gweld gan ei bod yn cylchu yn yr awyr uwch eu pennau.

'Maen nhw'n mynd i lanio yn y cae!' gwaeddodd Rhys yn gyffrous.

'Mae'n edrych yn debyg,' dywedodd Beca.

Ond doedd Siani erioed wedi gweld hofrenydd mor agos â hyn o'r blaen. Cafodd fraw, a chamu am yn ôl; cododd ar ei choesau ôl a gweryru'n uchel. Tynnodd a thynnodd â'i holl nerth. Ceisiodd Beca ei dal, ond doedd hi ddim yn ddigon cryf. Cymerodd Rhys y reins oddi arni, ond doedd e ddim yn ddigon cryf chwaith; wrth iddo dynnu Siani a Siani ei dynnu yntau, torrodd y reins lledr yn eu hanner a charlamodd Siani drwy'r eira ac i gyfeiriad y fferm.

'Siani, Siani, Siani, dere 'nôl!' sgrechiodd Beca, ond roedd Siani'n carlamu nerth ei charnau oddi yno gan stryffaglu drwy'r trwch eira ac allan o'r golwg.

'Paid â phoeni, fe fydd hi'n iawn,' cysurodd Mrs Lewis hi. 'Does 'na ddim traffig ar y ffordd heddiw 'ma gyda'r eira, ac mae hi'n gwybod y ffordd adre. Rhys, gwell i ti fynd ar ei hôl, ac wedi i ti ei dal rho hi'n syth yn y stabl iddi gael gorffwys ar ôl yr holl gynnwrf 'ma.'

Rhedodd Rhys ar ôl y gascg fach gan weiddi'i henw dros y lle.

Erbyn hyn, roedd sŵn yr hofrenydd yn fyddarol a'r gwynt o'r llafnau'n codi'r eira oedd ar y llawr ac yn creu storm eira arall! Rhedodd y parafeddygon o'r hofrenydd gan blygu'u pennau wrth fynd, gan nad oedd y llafnau wedi stopio troi. Aeth Mrs Lewis â hwy at y claf.

'Gobeithio y bydd hi'n iawn,' meddai Beca.

'Mae hi'n lwcus iawn dy fod ti wedi dod o hyd iddi,' meddai Mr Lewis.

'I Ianto a Siani mae'r diolch mewn gwirionedd,' esboniodd Beca. 'Rwy'n siŵr eu bod nhw'n siarad â'i gilydd mewn iaith arbennig.'

'Dere, Beca. Fe af i â ti adref yn y tractor,' meddai'i thad.

'Arhoswch funud, Dad,' meddai Beca gan redeg 'nôl i'r sied. Ymhen eiliad roedd hi'n rhedeg 'nôl at ei thad â thabledi Huwbert yn ei llaw.

'Well i ni gael y rhain!' meddai, 'ar ôl yr antur fawr o fynd i'w nôl nhw!'

Pennod 13

Swyddfeydd y Cyngor Sir,
Y Sgwâr,
Aberaeron,
Ceredigion.
SA38 9NP

12fed o Dachwedd

Annwyl Miss Lewis a Siani'r Shetland,

Diolch am eich llythyr. Rydym ni fel Cyngor wedi bod yn trafod ei gynnwys yn fanwl ac wedi dod i benderfyniad. Fe fyddwn ni'n gosod posteri dwyieithog o amgylch y traeth yn rhybuddio pobl fod gollwng sbwriel ar lawr yn drosedd. Fe fyddwn ni hefyd yn gosod deg bin sbwriel newydd ar y traeth ac yn y

meysydd parcio gan obeithio y bydd pobl yn eu defnyddio.

Gobeithiwn yn fawr y bydd yr wylan fach yn gwella.

Diolch am ddod â'r mater at sylw'r Cyngor a phob hwyl gyda marchogaeth Siani'r Shetland ar y traeth.

Yn gywir,
D. G. H. Jones
Cadeirydd y Cyngor Sir

Pennod 14

Aeth pythefnos heibio, a chiliodd yr eira. Roedd y tywydd yn dal yn oer, ond ddim mor ocr fel bod yn rhaid torri'r rhew oddi ar gafnau dŵr y ceffylau.

Eisteddodd Beca'n ddioglyd wrth y bwrdd cinio. Roedd ganddi bentwr o waith cartref i'w wneud a dim awydd o gwbl dechrau arni. Ond roedd rhaid cyflwyno prosiect erbyn y dydd Llun canlynol. Yn naturiol, roedd Beca wedi penderfynu mai prosiect am geffylau y byddai hi'n ei wneud. Fyddai'r gwaith ddim yn cymryd llawer o amser ond roedd gan Beca broblem. Doedd hi ddim yn gallu meddwl am ddim byd ond am y parti mawr y noson honno.

Roedd hi'n eithriadol o nerfus gan y byddai disgwyl iddi sefyll o flaen dwsinau o bobl a chyflwyno siec fawr i'r lloches anifeiliaid. Wrth iddi feddwl am beth i'w wisgo ar gyfer y parti, daeth sŵn tap, tap, tap ar ffenest y gegin. Miriam Dafis oedd yno'n chwifio'i llaw.

'Helô, Beca fach.'

'Helô. Dewch i mewn,' meddai Beca gan arwain Mrs Dafis i gynhesrwydd y gegin. 'Ydych chi'n teimlo'n well?'

'Ydw, yn llawer gwell erbyn hyn, diolch, er bydd rhaid i mi gael help y ddwy ffon yma am rai wythnosau eto. Mae Marged Elen, fy merch, yn aros gyda mi tan y bydda i'n medru ymdopi ar fy mhen fy hun. Y hi ddaeth â fi yma ac mae hi'n siarad gyda dy dad ar y clos.'

'Fydd Mam ddim yn hir. Mae hi wedi mynd i'r dre.'

'Wel, nid yma i weld dy fam ydw i heddi 'ma. Yma i dy weld di ydw i.'

'Y fi?' holodd Beca'n syn.

'Wel ie. Fe wnes ti a Siani achub fy

mywyd i yn yr eira, a dwi'n hynod ddiolchgar. Mae'n eitha posib y bydden i wedi marw o effeithiau'r oerfel os na fyddech chi'ch dwy wedi dod o hyd i mi.'

'Ianto, eich ci bach chi, yw'r arwr, chi'n gwybod. Heblaw amdano fe, fydden ni ddim yn gwybod eich bod chi wedi cael damwain yn y sied,' meddai Beca.

'Paid ti â becso am Ianto. Mae e wedi cael cwtsh newydd sy'n ffwr i gyd ac mae e'n cael asgwrn ffres gan y cigydd bob wythnos am fod yn gi bach mor ddewr,' esboniodd Mrs Dafis.

Yna, gosododd Mrs Dafis ddwy amlen ar y bwrdd o'u blaen. 'Dyma rywbeth bach i ti i ddweud diolch, a chyfraniad at gasgliad y lloches hefyd.'

Docdd Beca ddim yn gwybod beth i'w ddweud.

'Wel agor nhw 'te,' dywedodd Mrs Dafis gan wenu.

Agorodd Beca'r amlenni'n ofalus. Agorodd ei hamlen hi'n gyntaf. Ynddi roedd siec am ganpunt. Doedd hi erioed wedi cael siec am ganpunt o'r blaen! Byddai'n medru prynu cwpwrdd yn llawn o ddillad newydd, meddyliodd, a chot newydd i Siani, efallai, gyda'i henw wedi'i frodio arni mewn cotwm aur. Dychmygodd Siani yn gwisgo'r got grand – dyna lun pert, meddyliodd.

Yna agorodd Beca'r ail amlen – siec am £500! Disgleiriai ei llygaid. Byddai modd i'r lloches brynu bwyd i'r ceffylau gyda'r arian yma ac atgyweirio'r sied hefyd, meddyliodd Beca'n gynhyrfus.

'Helô Miriam. Shwt y'ch chi heddi?' holodd Mrs Lewis wrth ddod trwy'r drws yn cario cymaint ag y gallai o fagiau plastig yn llawn bwyd.

'Mam, wnei di byth â chredu hyn, ond mae Mrs Dafis wedi rhoi siec am ganpunt i fi am ei hachub, a phum can punt tuag at y lloches! Mae'n wych!' dywedodd Beca gan ddangos y sieciau i'w mam.

'Wel Miriam, doedd dim rhaid i chi wir, ond diolch yn fawr iawn, iawn,' dywedodd Mrs Lewis gan roi'r bagiau ar lawr.

'Oedd wir. Roedd yn rhaid i fi roi rhywbeth i ddangos fy ngwerthfawrogiad o'r ffordd y gwnaeth Beca a Siani achub fy mywyd i.'

'Wel, diolch beth bynnag, a gyda'ch rhodd hael chi mae'n debyg bydd y lloches yn gallu adeiladu sied newydd, wedi'r cyfan.'

'Beth?' holodd Beca.

'Wel, gydag arian Miriam ac arian y daith gerdded, ac os ydi fy mathemateg i'n gywir, rydym wedi casglu dros dwy fil o bunnau!'

Eisteddodd Beca yn ei chadair mewn sioc.

'Da iawn ti, Beca!' dywedodd Miriam gan wasgu'i hysgwydd i'w llongyfarch. 'A chyn i mi fynd, mae gyda fi sach o foron i Siani gan ei bod hithau'n arwres hefyd.'

Am bump o'r gloch y noson honno, roedd Beca yn ei hystafell wely'n sychu ac yn sythu'i gwallt. Doedd y parti ddim yn dechrau tan hanner awr wedi saith, ond teimlai'n llawn cyffro'n barod er bod dwy awr a hanner tan hynny. Roedd Nia'n ei chyfarfod hi yno ac roedd Rhys wedi trefnu y byddai nifer o'i ffrindiau yn galw heibio hefyd yn nes ymlaen. Gobeithiai y byddai pawb oedd wedi cymryd rhan yn y daith gerdded yn ymuno yn y dathlu hefyd.

O'r diwedd, wedi hir aros, roedd y foment fawr wedi cyrraedd. Sythodd Mr Lewis ei dei batrymog a thwtiodd Mrs Lewis ei gwallt cyn gadael y car.

'Rhys, tafla'r gwm cnoi 'na cyn mynd i'r neuadd, plîs. Dwyt ti ddim am edrych fel llabwst,' dywedodd Mr Lewis gan chwerthin.

Pwffiodd Rhys ac agor ei geg gan boeri'r gwm cnoi i hances bapur.

Curai calon Beca'n galed a chrynai ei dwylo. Roedd y maes parcio'n orlawn. Roedd nifer o drigolion y dref am gefnogi'r achos.

'Beca, Beca . . . faint o arian ry'n ni wedi'i gasglu?' holodd Nia wrth i Beca gerdded i'r ystafell.

'O, mae'n gyfrinach!' atebodd Beca.

'O dere 'mlaen Beca, plîs. Alli di ddweud wrth dy ffrind gorau,' erfyniodd Nia.

'Dwy fil o bunnau! Galla i ddim credu'r peth.'

'O, ffantastig! Bydd y ceffylau'n gallu aros yn y lloches a bydd yr arian yn help mawr tuag at gostau'r adeiladu!' dywedodd Nia, yn wên o glust i glust. 'O, dwi mor falch.'

Parablodd Beca a Nia am rai munudau, a dywedodd Beca fod ei stumog yn troi a throsi wrth feddwl ei bod yn gorfod siarad yn gyhoeddus ar lwyfan. Doedd hi ddim yn hyderus o gwbl.

'Ym, Beca. Os oeddet ti'n nerfus nawr, edrycha pwy sydd wedi cerdded i mewn,' dywedodd Nia gan bwyntio'i bys i gyfeiriad y drws.

Curodd calon Beca'n gyflymach. Llyncodd yn galed a llyncu eto. Roedd Hugo newydd gyrraedd gyda'i deulu. Chwifiodd ei law arni a gwenu'n braf.

'O na, dwi'n teimlo'n reit sâl,' dywedodd Beca a rhedodd am y toiledau.

Wedi cael diod o ddŵr ac anadlu'n drwm, teimlai Beca ychydig yn well.

'Ti'n iawn nawr?' gofynnodd Nia iddi gan dwtio'i gwallt yn y drych.

'Dwi'n rili, rili nerfus a bob tro dwi'n gweld Hugo mae fy nghoesau'n teimlo fel jeli!'

'Ti mewn cariad, Beca. Waw!' chwarddodd Nia. 'Dere, mae pawb yn aros amdanat ti.'

Toc wedi wyth o'r gloch, cerddodd Beca i'r llwyfan gyda pherchennog y lloches. Distawodd yr ystafell a syllodd pawb tuag at y ddwy.

'Helô bawb, a diolch yn fawr i chi i gyd am ddod yma heno i'n cefnogi. Mae'n bleser mawr gen i gyflwyno'r siec yma i'r lloches,' dywedodd Beca, ei dwylo'n crynu a'i thalcen yn chwysu. Gwibiodd ei llygaid o gwmpas yr ystafell ac o'r diwedd gwelodd Hugo, a hwnnw'n wên o glust i glust. Cochodd.

Curodd pawb eu dwylo, bloeddiodd rhai a gwaeddodd rhywun, 'Hip, hip! Hwrê!'

Yna, aeth perchennog y lloches i flaen y llwyfan i ddweud gair o ddiolch.

'*You were great tonight, Beca,*' dywedodd Hugo wrth i Beca gerdded oddi ar y llwyfan.

'Diolch,' atebodd Beca'n swil.

'*Are you going to Gwilym and Fflur's wedding next week?*' holodd.

'*Yes, Rhys, Mum and Dad are going, too.*'

'*See you there then,*' meddai Hugo.

Syllodd Beca arno'n syn.

'*We've had an invitation to the evening party. Maybe we can have the last dance?*'

Edrychodd Beca ar y llawr yn swil. '*Maybe,*' atebodd.

Pennod 15

Doedd Beca 'rioed wedi marchogaeth ar gyfrwy ochr o'r blaen a doedd Siani erioed wedi gwisgo cyfrwy o'r fath, chwaith. Roedd y cyfrwy'n pwyso tunnell a phwffiai Siani wrth i Miss Tomos ei osod ar ei chefn.

'Dere di Siani. Fe wnei di ddod yn gyfarwydd ag e gydag amser,' dywedodd Miss Tomos gan esmwytho mwsel y gaseg fach.

Aeth Beca ati i eistedd yn y cyfrwy. Gosododd un droed yn y warthol fel y byddai'n ei wneud ar gyfrwy cyffredin. Yna cododd ei choes arall o'i blaen a'i rhoi'n dwt yn ei lle.

'Dwi'n mynd i syrthio!' dywedodd yn nerfus gan edrych lawr ar y llawr. 'Sdim cydbwysedd 'da fi a dwi'n teimlo fel tasen i'n mynd i syrthio unrhyw eiliad. Wow, Siani fach!' dywedodd gan ddal y reins yn dynn.

Esboniodd Miss Tomos fod marchogaeth yn y ffordd yma'n wahanol iawn i farchogaeth cyffredin. Dyma sut y byddai menywod yn marchogaeth flynyddoedd yn ôl, a dyma sut y byddai Beca, Nia a Fflur yn teithio i'r eglwys ar ddiwrnod y briodas. Wedi gosod cyfrwy yr un fath ar gefn Osian, eisteddodd Nia ar gefn ei phoni hithau.

'Dyma deimlad rhyfedd!' dywedodd Nia gan chwerthin. 'Rho gyfrwy cyffredin i fi unrhyw ddiwrnod, glei,' ychwanegodd.

Teimlai Beca a Nia'n anghyfforddus wrth gerdded rownd yr arena dywod. Doedd dim modd iddyn nhw ddefnyddio dwy goes i wasgu ochrau eu ceffylau i'w hannog i symud ymlaen. Yn hytrach, roedden nhw'n defnyddio un goes a chwip.

'Mae hwn yn rili rhyfedd, Beca,' dywedodd Nia gan wneud siâp cylch.

'Odi wir. Ond dwi'n teimlo fel ladi go iawn yn un o'r ffilmiau henffasiwn du a gwyn 'na. Fel ladi geinwych y plas yn marchogaeth dros ei thir mewn ffrog ysblennydd a het bluog fawreddog am fy mhen,' dywedodd Beca gan ddianc i fyd ei dychymyg.

'Dewch 'mlaen, dewch 'mlaen. Llai o siarad a breuddwydio! Eisteddwch yn dal, ysgwyddau 'nôl ac edrychwch yn syth o'ch blaenau,' gorchmynnodd Miss Tomos yn awdurdodol. 'Sdim llawer o amser i ymarfer y grefft newydd 'ma, felly dwi am i chi ganolbwyntio gant y cant os y'ch chi am fod yn barod ar gyfer y briodas ddydd Sadwrn 'ma.'

Doedd dim angen i'r merched ddysgu trotian na charlamu. Sicrhau eu bod nhw'n ddiogel oedd prif nod Miss Tomos, a'u bod yn gallu llywio'r ceffylau, wrth gwrs.

Doedd Fflur ddim yn ymarfer gyda'r merched. Roedd hi'n gallu marchogaeth cyfrwy ochr er pan oedd hi'n blentyn, felly doedd dim angen gwersi arni. Roedd hi wedi penderfynu mynd i siarad gyda'i threfnydd blodau am ei harddangosfa yn yr eglwys. Roedd ganddi gant a mil o bethau oedd angen eu gwneud cyn y diwrnod mawr a doedd ganddi ddim eiliad i'w gwastraffu.

Cerddodd Beca a Nia o amgylch yr arena. Ar ôl marchogaeth am hanner awr, dechreuodd y merched ymlacio a mwynhau. Roedd Siani ac Osian wedi cyfarwyddo â'r pwysau ychwanegol ar eu cefnau hefyd.

'Beth am roi cynnig ar neidio cyn gorffen?' holodd Miss Tomos.

'Neidio?!' dywedodd Nia gyda thinc o fraw yn ei llais.

Ond doedd Miss Tomos ddim o ddifri.

'Dwi ddim mor greulon â hynny, chwaith,' esboniodd gan chwerthin. 'Y tro nesaf, efallai?' awgrymodd gan roi winc fach ddrygionus.

Y noson cyn y briodas, sgipiodd Beca draw at stabl Siani, yn wên o glust i glust. Gosododd got drwchus dros ei chefn i'w chadw'n gynnes ac yn lân ar gyfer y briodas, ac aeth i'r sied fwyd. Gosododd sgŵp o gnau ceffylau, diferyn o olew a llwyaid o arlleg yn y bwced a'u gymysgu'n dda. Aeth â'r bwced at Siani, symudodd y mwng o'i hwyneb a rhoi cusan fawr ar ei thalcen fel y byddai'n ei wneud bob nos.

'Rwyt ti'n werth y byd i gyd. Rwyt ti'n seren a dwi'n dy garu di. Dere 'ma i gael sws a chwtsh.'

Ond doedd Siani'n cymryd dim sylw. Roedd ei thrwyn yn nyfnderoedd melys ei bwced bwyd.

Pennod 16

Yn gynnar yn y bore, aeth Beca i stabl Siani i'w pharatoi. Roedd y gwasanaeth priodas i ddechrau am un ar ddeg y bore, ac er ei bod wedi codi'n gynharach nag arfer, doedd gan Beca fawr o amser i baratoi Siani a'i hunan.

'Siani! O na!' dywedodd Beca'n ddigalon wrth agor drws y stabl.

Yn ystod y nos roedd Siani wedi tynnu'r got rywsut rywfodd oddi arni ac wedi rhwto'i chorff yn erbyn wal fudr y stabl. Roedd ganddi wellt a gwair yn ei mwng a'i chynffon, a staen budr ar ei hochr.

'Rwyt ti'n edrych fel cardotyn, ac yn drewi fel un hefyd!'

Gwenodd Siani fel pe bai'n deall pob gair.

Doedd dim amser gan Beca i'w glanhau eto ac roedd y cloc yn tician! Roedd hi bron yn amser iddi hi a Nia fynd draw i dŷ Fflur er mwyn gwneud eu gwalltiau a gwisgo. Beth ddylai hi ei wneud? Penderfynodd ofyn i Rhys ei helpu. Cytunodd hwnnw ac aeth Mrs Lewis â Beca a Nia i dŷ'r briodferch.

Edrychai'r ddwy ffrind yn brydferth iawn yn eu ffrogiau glas, sidan hyd at y llawr.

'Wel, ry'ch chi'n edrych yn hardd iawn,' dywedodd Mrs Lewis gan dynnu eu llun.

'Bendigedig,' dywedodd mam Nia a oedd wedi'i gwisgo mewn pinc, o'i het anferthol i'w hesgidiau sodlau uchel. 'A dwi mor falch fod y tywydd yn braf – perffaith ar gyfer tynnu lluniau ar y diwrnod mawr.'

'Ble mae Dad?' meddai Beca'n bryderus. Roedd Mr Lewis yn dod â Siani, Jini Glain, ceffyl newydd Fflur, ac Osian yn y lorri. Ond ble oedden nhw? Gobeithiai Beca fod Rhys wedi cael hwyl ar y paratoi.

'Dyma nhw!' cyhoeddodd Nia wrth i'r lorri ddod i'r golwg.

'Diolch byth,' ychwanegodd Beca.

Yna sylwodd bod Hugo'n eistedd wrth ochr Rhys. Rhaid ei fod e wedi mynd draw i Barc yr Ebol er mwyn helpu'i brawd.

'Da-ra,' cyhoeddodd Rhys a Hugo wrth i Mr Lewis arwain Siani o'r lorri.

'Doesn't she look fantastic,' ychwanegodd Hugo.

'O diolch, bois. Diolch, diolch, diolch! Mae Siani'n edrych yn bert,' dywedodd Beca. Rhoddodd gwtsh mawr i'r gaseg a sws fach ar ei mwsel.

'Rwyt tithau'n edrych yn bert hefyd, Beca,' mwmialodd Hugo'n swil.

Chwarddodd Rhys.

'Ych a fi, dyw Beca byth yn edrych yn bert. Gwell i ti brynu pâr o sbectol, Hugo bach,' dywedodd gan dynnu coes.

'Ha, ha, Rhys. Ti'n rili ddoniol bore 'ma,' atebodd Beca. 'Rhaid i ti anwybyddu fy mrawd,' dywedodd Beca wrth Hugo gan dynnu'i thafod ar Rhys.

Wedi rhoi'r cyfrwy ar gefn Siani, aeth Mr Lewis ati i godi'r merched ar gefn eu ceffylau. Doedd mynd ar gefn ceffyl gyda chyfrwy ochr tra'n gwisgo ffrog hir ddim yn hawdd! Roedd yn rhaid i'r merched wisgo het farchogaeth am eu pennau rhag ofn y byddai damwain yn digwydd cyn iddyn nhw gyrraedd yr eglwys. Wedyn fe fydden nhw'n tynnu'r hetiau caled ac yn gwisgo'r benwisg gywir.

Fflur oedd yr olaf i gael ei chodi ar ei cheffyl. Teimlai'n nerfus. Curai ei chalon yn wyllt. Dyma oedd diwrnod pwysicaf ei bywyd hyd yn hyn, a doedd hi ddim am i ddim byd fynd o'i le.

'Diolch, Mr Lewis,' dywedodd ar ôl eistedd yn ei chyfrwy. Taclusodd ei mam ei ffrog a dymuno'n dda iddi.

Cerddodd y tair o'r maes parcio yn y dre, lle roedd Mr Lewis wedi parcio'i lorri, drwy'r brif stryd ac i gyfeiriad Eglwys y Drindod ger yr afon. Roedd hi fel golygfa

allan o basiant. Syllai pawb arnyn nhw
wrth iddyn nhw gerdded ar hyd y ffordd.
Tynnodd nifer o bobl luniau ohonynt a
churai sawl un arall eu dwylo wrth i'r tri
ceffyl gosgeiddig a'u marchogion hardd
fynd heibio.

'Pob lwc i ti, blodyn bach,' gwaeddodd

Tony'r postman oedd wrthi'n dosbarthu'r amlenni o amgylch y dre.

Roedd tyrfa fawr o bobl wedi ymgynnull y tu allan i'r eglwys. Roedd siarad mawr wedi bod yn y dre y byddai hon yn briodas ychydig yn wahanol i'r arfer.

Wrth iddynt agosáu at y dorf, cynhyrfodd Siani ac Osian. Fflachiai'r camerâu a sibrydai pobl ymysg ei gilydd.

'Ti'n edrych yn fendigedig,' dywedodd Mrs Hwmffra wrth i Fflur gyrraedd mynedfa'r eglwys. 'Mae Gwilym yn fachan lwcus, sobor o lwcus!'

Gafaelodd Mr Lewis yn llaw Fflur a'i helpu oddi ar ei cheffyl, cyn helpu Beca a Nia i ddod lawr oddi ar eu ponis bach. Tynnodd y tair eu hetiau a'u rhoi i Mrs Hwmffra. Twtiodd Fflur ei ffrog ac anadlu'n ddwfn cyn gafael ym mraich ei mam.

Gwenodd Beca a Nia ar ei gilydd a cherdded ar eu holau i mewn i'r eglwys. O'r diwedd roedd yr awr fawr wedi cyrraedd!

Wedi priodi a chyfnewid modrwyau, cerddodd y pâr priod hapus allan o'r eglwys i groeso brwd gan aelodau o'r ddau deulu, a ffrindiau.

Draw ger y cerrig beddau, roedd Siani'n cael ei maldodi gan bawb. Llyfodd ddwylo sawl plentyn bach, a bwytaodd becyn cyfan o polo mints. A dyna beth fyddai gwynt y noson honno!

Pennod 17

Rai oriau'n ddiweddarach, wedi i bawb fwyta lond eu boliau a gwrando ar y priodfab, y gwas priodas a mam y briodferch yn adrodd hanesion doniol a difyr, roedd hi'n bryd i'r parti nos ddechrau.

Roedd y bwrdd yn llawn danteithion, ond doedd fawr o awydd bwyd ar Beca a Nia, a phenderfynodd y ddwy fachu seddau a bwrdd ym mhen draw'r ystafell.

'Mae e yma!' sibrydodd Nia yng nghlust Beca. 'Ac mae e'n gwisgo siwt dywyll. Smart iawn 'fyd,' dywedodd yn smala gan gymryd llymaid o lemonêd a leim.

Pwysodd Beca ymlaen yn ei chadair er mwyn gweld Hugo. Edrychai'n bishyn a hanner yn ei siwt, ei grys glas, patrymog a'i dei binc.

'Ond ceffylau sy'n dod gyntaf a bechgyn wedyn, medde Mam, a dwi'n cytuno â hi,' meddai Beca.

Chwarddodd y ddwy fel ffyliaid cyn ymuno â Rhys a rhai o fechgyn eraill y pentref oedd yn chwarae pŵl yn yr ystafell gêmau drws nesaf.

Cyn i'r disgo ddechrau, aeth Beca a Nia i dwtio'u gwalltiau a'u colur, a dychwelodd y ddwy i'w cadeiriau ar gyfer dawns gyntaf Gwilym a Fflur. Wrth i'r gân fynd yn ei blaen, ymunodd pobl eraill â hwy ar y llawr dawnsio. Roedd tad Nia'n dawnsio gyda mam Fflur, a rhieni Beca'n dawnsio hefyd. Wedi i'r gân gyntaf orffen, chwarae-wyd miwsig mwy gwyllt. Dechreuodd tad Beca 'ddawnsio' yn ei ffordd arbennig ei hun! Edrychai mor ddoniol. Doedd e ddim yn gallu dawnsio'n dda ond roedd e wrth ei fodd.

Roedd Rhys yn dawnsio hefyd; roedd hynny'n anarferol iawn gan fod ganddo ddwy droed chwith. Roedd rhywun yn dawnsio gydag ef hefyd – Nia! Ac roedd dwylo Rhys am ei chanol! Wel, beth nesaf? meddyliodd Beca gan wenu. Doedd Nia erioed wedi dweud wrthi ei bod hi'n

ffansïo'i brawd! A docdd Rhys heb ddweud wrthi ei fod e'n ffansïo'i ffrind gorau chwaith. Am gadw pethau'n dawel!

'Ti isie dawns gyda fi?' holodd llais addfwyn y tu cefn iddi.

'Wrth gwrs,' atebodd Beca'n llawen gan afael yn llaw Hugo a cherdded gydag ef at y llawr.

Dawnsiodd y ddau wrth ymyl Nia a Rhys. Teimlai Beca'n swil a'i bochau'n gwrido. Pwy oedd yn edrych arnyn nhw?

'*Would you like to go the beach tomorrow?*' sibrydodd Hugo yn ei chlust.

'*Yes I would, but I'll have to ask Siani first*,' atebodd Beca gan wenu.

Ac o'r eiliad honno, roedd Hugo yn gwybod mai Siani oedd agosaf at galon Beca, ac fel 'na y byddai pethe am byth.

Mae holl freuddwydion Beca wedi dod yn
wir – mae hi'n berchen ar ei cheffyl ei
hun! Merlen fach ddireidus ydy Siani'r
Shetland, ac mae hi'n arwain Beca ar sawl
antur a helynt. Mae rhieni Beca'n poeni'n
arw bod Siani'n rhy wyllt i'w merch, ond
yn fuan iawn fe ddôn nhw a phawb arall i
sylweddoli pa mor glyfar a dewr ydy
Siani'r Shetland mewn gwirionedd.

Pwy ond Siani allai ennill cystadleuaeth ar
ei chynnig cyntaf? Pwy ond Siani fyddai'n
ddigon dewr i wynebu tarw ffyrnig,
bygythiol? Pwy ond Siani allai sgorio dwy
gôl mewn gêm bêl-droed? Mae campau
Siani'n ddiddiwedd – a phan fo Siani a
Beca 'da'i gilydd, does wybod beth all
ddigwydd!

Mae Beca a Siani'n hynod o brysur. Rhaid paratoi
ar gyfer y Parti Bwci Bo, hyfforddi Siani i dynnu
sled Santa ym mhantomeim yr ysgol ac addurno
het ar gyfer sioe Nadolig y Clwb Poni. Ond druan
â Rhys. Mae e wedi cael ei anafu wrth gwympo
oddi ar gefn Aneurin yr asyn ac mae e wedi cael
llond bol ar glywed pobl yn canmol ei chwaer a'r
hen Shetland 'na o hyd ac o hyd. Bydd rhaid
meddwl am ffordd i newid pethau . . .

A fydd y Nadolig hwn yn un llawen i Beca a
Siani?

Mae Siani'r Shetland yn fam! Mae Sionyn,
yr ebol bach, wedi cyrraedd o'r diwedd!
Dyma ddechrau cyfnod newydd a chyffrous
yn hanes Beca a'r Shetland fach o Aberteifi.
Ond un diwrnod mae trychineb yn digwydd
ar fferm Parc yr Ebol. Diolch byth bod Siani yno
i achub y dydd!